내 인생에 한번은 창업

내 인생에 한번은 창업

발 행 | 2024년 03월 20일
저 자 | 정희정
펴낸이 | 정희정
펴낸곳 | 최고북스
출판사등록 | 2023.10.26.(제 409-2023-000087호)
주 소 | 경기도 김포시 솔터로 22 메트로타워예미지 301동 115호
전 화 | 010-6408-9893
이메일 | jhj01306@naver.com

ISBN | 979-11-986495-1-5 (03800)

내 인생에 한번은 창업

정희정 지음

CONTENT

제3화 이제는 실전, 책방 운영

- 김포투데이에서 인터뷰하다
- 책방에서 강의를 시작하다
- 우리 책방은 책도 씁니다
- 빵집에 빵 그림책을 진열하다
- 안녕하세요? 그림책 맛집입니다
- 우리 책방은 커피를 팔지 않습니다
- 아뿔싸! 비 오는 날의 택배
- 쉬는 날에도 간판 불을 켜둡니다
- 전단지를 홀대받는 순간
- 마음껏 이루어지리라

제4화 책방주인의 마인드

- 책을 싫어했는데 책방주인이 되었습니다
- 두 번째 인생을 시작하다
- 책방 주인이 되었습니다
- 책방 하나요?
- 자영업은 기다림이다
- 나는 엄마였고 간절했다
- 책방 하길 잘했어!
- 오늘도 책방 문을 열었습니다

들어가며

나를 믿고 기다려준 소중한 사람들에게 이 책을 바칩니다.

이 책이 나오기까지 우여곡절이 참 많았습니다. 직장생활을 하며 평범하게 아이를 키우며 살 줄 알았던 제가 창업이라는 길에 뛰어들었습니다. 직장이라는 큰 안전장치는 창업을 준비하는 데 든든한 지원군이었습니다. 직장을 다니며 쉬는 날이면 아이와 함께 놀이공원 대신 부동산을 가고 나를 찾아주는 분들을 찾아다니며 강의했습니다.

상가를 계약하고 모든 것이 일사천리로 진행되었습니다. 하나부터 열까지 모든 것을 혼자 해내고 이루어낸 기록을 이 책에 담았습니다. 늘 바쁜 엄마를 오랜 시간 기다려준 나의 소중한 아이들, 하영이, 채영이에게 감사의 인사를 전합니다. 아이들 덕분에 내 꿈을 꾸고 이룰 수 있었다고 생각합니다.

나의 길을 언제나 묵묵히 지켜봐 주고 응원해준 나의 부모님에게도 감사합니다. 책방을 운영하면서 힘이 되어주고 지원을 아끼지 않은 내 동생들, 은주, 서형이에게도 이 자리를 빌려 진심으로 감사의 인사를 전합니다. 내가 가장 사랑하는 이순향 할머니, 그리고 늘 든든한 나의 편이 되어준 사랑하는 고모, 참 고맙습니다.

마지막으로 아이들을 키우며 나의 동반자로 아낌없이 응원해주고 사랑해주는 나의 남편 김광수에게도 사랑하고 고맙다는 인사를 전합니다.

직장에서 창업을 꿈꾸다

어디선가 익숙한 글귀가 들려온다. 오늘도 여느 날처럼 소아·청소년과에서 근무하는데, 소아·청소년과 대기실에 앉은 엄마가 책 읽어주는 조곤조곤 목소리가 들려온다. 익숙한 글귀 그리고 책 구절이다. 나는 소아·청소년과 대기실에 부모님과 아이들에게 추천하고 싶은 그림책을 한두 권 선정해 책장 위에 진열해둔다. 오늘 보민이 어머니가 그 책을 집어 들었다. 그리고 보민이에게 읽어주었다.

<소중해 소중해 나도 너도> 그림책은 노란빛을 띤 귀여운 그림책이다. 그림책으로 아이들에게 성교육을 할 수 있다니, 지금 생각해보니 참 놀랍고 매력적이기까지 하다. 나는 사실 대학교를

졸업하고 산부인과 병동에서 신규간호사로 근무를 시작했다. 신규간호사라서 (실습했었지만) 사람을 대하는 법도, 주사를 찌를 법도, 사회생활을 하는 법도 아무것도 몰랐다.

개원병원이었던 강동경희대병원에서 아무것도 모르는 신규간호사가 산부인과에서 근무를 시작했으니, 눈치는 눈치대로 보고, 못하면 꾸중도 들어가며 그렇게 하루하루를 버티어 낸 듯하다. 지금도 선하게 생각나는 야간근무 선생님에게 혼이 나기도 했다. 무서운 눈빛으로 나를 질책하는 그때의 상황은 오랜 시간이 흐른 지금도 기억에 남아있다. 수술환자도 많았고, 출산한 산모도 있고, 갓 태어난 신생아도 있었기에 늘 긴장의 연속이었고 또 그 안에서 배워야 하는 부분들이 상당히 많았다.

산부인과에 이어 소아·청소년과 병동, 이비인후과 병동이 차례대로 준비가 되며 근 5년 가까이 입원 병동에서 울고 웃으며 지냈다. 내가 원해서 갔을까? 사실 나는 한방병동에 입사지원서를 냈었다. 하지만, 나와 또 다른 친구가 지원하면서 어떤 기준인지는 모르겠으나 내가 산부인과로 첫 발령을 받았었다. 막연히. 한방병동에 가면 편하겠지? 라고 생각했었던 것 같다.

모든 과가 그렇듯, 과마다 장단점이 다분히 존재한다. 일이 바쁘거나 긴장이 필요한 부서는 그만큼 경력이 쌓이거나 배워서 익혀야 하는 부분이 많을 수밖에 없었다. 또한 그 속에서도 내가 잘하는 부분이 분명 한 두 가지씩은 있다. 병동이란 한정된 범위 안에서 사실 나의 재능을 발견하기란 쉬운 일이 아니었다. 내가 무엇을 좋아하는지, 하고 싶은지, 어떤 사람과 어떤 삶을 살고 싶은지.

우물 안 개구리가 싫어 뛰쳐나왔지만, 막상 나오니 막막했다. 법률사무소, 임상 시험회사, 방문간호사, 또 다른 수많은 병원. 병원 안에서 경험할 수 없었던 전산이나 서류작성을 비임상 회사에서 접하며 익힐 수 있었고, 병원 안에서 경험할 수 없었던 방문간호의 세계에서는 한 사람 한 사람을 만나가며, 그들에게 몰두할 수 있는 값진 경험을 할 수 있었다. 특히, 오롯이 나의 자유로움을 추가해 내가 응용할 수 있는 부분을 접목할 수 있다는 부분이 참 좋았다.

나의 지금을 있게 만들어 준 가장 큰 부분은 역시 "육아"다. 육아라는 세계는 학교에서, 직장에서 배울 수 없었던 상상 그 이상의 세계를 나에게 선물했다. 책을 가까이하고 싶었지만 쉽게 접할 수 없었던 그 시절에 나의 아이와 함께하는 육아하는 과정에서 책과 그림책 세상 속에 스며들 수 있었다. 집 가까이에 있던 작은 도서관을 매일같이 드나들면서 책의 재미를 알았고, 그림책의 재미를 알아갔다. 무엇보다 내가 읽어주는 그림책을 눈을 똘망똘망 뜨고 기다리며 즐거워하는 아이 덕분에 나는 그림책이라는 세계와 연결되었다.

그림책을 만나고 아이와 함께 울고 웃는 시간이 나의 일상을 채워나갔다. 그림책이라는 연결고리가 어쩌면 지금의 나를 만들어준 듯하다. 그림책을 보며, 우연히 성교육에 관심을 가지기 시작하면서 그림책과 성교육을 콜라보로 만들어가기 시작했다. 아! 가정에서 성교육을 할 수 있는 방법이 바로 이거였다니! 유레카를 외치고 싶은 순간이었다.

사실 내가 성교육에 관심을 가지게 된 결정적 계기는 바로 정인이 사건이었다. 아동학대가 일어나서는 안 되지만, 너무나 흔하게 일어나고 학대 예방을 위해 어떤 예방책들이 있을까 거슬러 올라가 보니, 성교육이었다. 우리에게는, 앞으로 우리 아이들에게는 "제대로 된 성교육"이 필요했다. 그래서 성교육을 시작했다.

브런치에 올린 나의 최근 저서 <하루 10분 그림책 읽기의 힘> 내용 중 일부를 도서관 사서님이 우연히 보고 나에게 연락했다. 그림책으로 함께하는 성교육 강의해달라는 내용이었다. 나는 흔쾌히 좋다고 답하고 바로 준비하기 시작했다. 그렇게 나의 첫 번째 비대면 도서관 강의가 진행되었고, 많은 부모와 아이들이 나의 강의를 듣고 많은 도움을 받았다고 좋아해 주었다. 무엇보다 가정에서, 집에서 아이들을 가장 잘 아는 부모가 성교육을 할 수 있다는 사실을 전할 수 있다는 것이 가장 큰 소득이었다. 성교육

부모가이드북과 다양한 그림책을 추천해주었다.

바로 다음 달 5월 3일에는 김포의 한 유치원에서 그림책 성교육 대면 강의를 진행하게 되었다. 코로나시기가 끝나가고 이제는 마스크를 벗었다. 부모님을 대상으로 마주 보며 그림책 성교육 강의하고 메시지를 전할 수 있게 된 것이다. 지금까지 나의 길을 한길 한 걸음 걸어오면서 이 길이 맞나? 하는 생각보다는 어떻게든 되겠지. 한 번 가보자 하는 마음으로 걸어왔던 것 같다.

완벽할 수는 없으니 지금 있는 기회에 집중하기로 했다. 지금 내가 가진 것을 이용하고 내가 가진 공간을 이용하고 잠시 잠깐이라도 부모님들에게 메시지를 전할 수 있는 시간을 이용했다. 많은 사람보다는 "단 한 분이라도" 에 집중했다. 단 한 분이라도 나의 강의를 기다려준다면 나는 지금처럼 달려갈 것이다.

산부인과 간호사로 병원에서 시작한 일이 이제는 나의 강의를 기다리는 가정으로, 유치원으로, 도서관으로 내가 찾아가는 일이 되었다. 그림책 성교육강사로 말이다. 길 건너 하나씩 있는 편의점처럼, 나의 최종목표는 그림책편의점을 만드는 것이다. 누구나 쉽게 와닿을 수 있고 그림책을 보고 만지고 그림책을 읽어줄 수 있는 그림책편의점 이란 세상을 이 땅에 드리우고 싶다. 나 혼자서는 할 수 없다는 걸 안다. 나와 함께 해주는, 모임에 참여하는, 그림책을 사랑하는 그림책 메신저들이 있기에 나는 오늘도 나의 길을 가고, 함께 길을 만들어간다.

막막하던 시기도 깜깜하던 시기도 돌부리에 걸려 넘어지기도 했지만, 내가 바라는 그곳을 향한 믿음 하나로, 단 한 걸음이라도 걸어가는 행동 하나로 지금의 나를 만나고 또 만났다. 지금의 결과물이 과거에 내가 뿌려놓은 씨앗이라는 걸 안다. 그리고 미래의 나는 지금 내가 뿌리는 씨앗을 또 거둘 거라는 걸 안다. 열 걸음도 단 한걸음에서 시작하는 법이니까. 오늘도 그 한 걸음을 내디딘다. 이렇게.

이번 달에 퇴사합니다

간호사로 시작하고 간호사로 일하며 아이들을 키워냈다. 사실 나는 간호사를 하고 싶었던 사명이라든가 특출난 장점이 있는 건 아니었다. 우리 때 흔히들 그랬듯 취업이 잘 되는 과였고 내 성적이 그 정도에 포함되어 있어서 (큰 생각과 미래에 대한 고민 없이) 자연스럽게 간호학과에 흘러 들어갔다. 물론 개중에는 정말 간호사랑 잘 어울린다 싶은 친구들도 있었고 공부도 열심히 하는 친구들이 있었다. 나와는 별개의 부류였지만.

대학에서 시작한 간호사라는 씨앗이 어느덧 20여 년이 흘러 지금의 내가 되었다. 이때까지 버텨온 특기는 무엇이었을까? 깡이었을까? 돈이었을까? (누가 보면 엄청 많이 버는 줄 알겠다)

아니면 오기였을까? 아마 모두 다였을 거다. 아이를 낳고 생후 100일 무렵의 조그만 아이를 어린이집 종일반에 맡길 때 내 마음은 어땠을까. 둘째를 낳고 돌보미들이 참 자주 바뀌었다. 아이에게 정말 많이 미안했다. 진득이 한곳에만 있었던 게 아니었다. 조금이라도 나은 방향, 조건, 특히 시간을 고려해야 하는 상황이었다. 나는 일하는 엄마였고 간호사였다.

솔직히 아이를 낳고 키우기에 간호사라는 직종은 좋은 직장은 아니다. 토요일도 근무해야 하고, 나의 빈자리를 다른 사람이 메꾸어야 하기에(일반 회사랑은 조금 다르게 내 업무를 내가 조율해서 하는 게 아니라, 외래진료에 우선되다 보니 내가 조율할 수 있는 업무랑은 별개의 문제다) 늘 자리를 지켜야 했다. 주 6일을 거의 근무하며 쉬는 날은 엄청난 눈치를 받았다. 내가 거쳐 간 병원이 10곳 정도가 넘을 텐데, 병원마다 상황이 조금씩은 다 달랐다. 간호사라는 옷을 입고 유니폼을 입고 나는 간호사가 되었다.

그리고 이제 간호사라는 옷을 홀가분하게 벗어보려 한다. 20년 가까이 나를 감싸고 있었던, 갑옷을 이제는 벗어버리려 한다. 홀가분하다. 할 만큼 했으니 참 속이 시원하다. 미련? 아쉬움 따위는 내게 남아있지 않다. 혹자는 말한다. 그 아까운 수간호사를 왜 그만두세요? 다들 그 직종에 직장에 있어 보지 않으면 실상은 모르지 않는가. 겉으로 보기에 좋아 보이고 명분도 있어 보이는 그 자리를 박차고 나올 때는 모두 나름의 이유가 있지 않을까? 나와 간호사는 솔직히 어울리지 않았다. 억지로 간호사라는 자리에 나를 구겨 넣은 것 같다. 지금에서야 말하지만.

글을 쓰면서 알았다. 책을 펴내면서 알았다. 내가 원하고 바라는 방향은 이쪽이라는 것을 말이다. 자리를 지키는 간호사가 아니라, 내가 쓰고 싶은 글을 쓰고 읽고 싶은 책을 읽는 지금의 내가 좋다는 것을 말이다. 그리고 그런 나를 따르는 사람들을 보면서 알았다. 아, 내가 사람들에게 이런 방향으로 도움이 될 수도 있구나, 이쪽에도 길은 있었네? 간호사를 무조건 후회하는 건 아니다. 그동안의 간호사라는 경험이 있었기에 나는 깨달았다. 내가 좋아하고 싫어하는 분야를 알게 되었다. 간호사라는 임상을 거치는 동안 알게 모르게 참 많은 상황을 경험했다. 그리고 그 속에서 나에게 울림을 주는 이들도 있었고 아픔을 주는 이들도 있었다.

얼음이 동동 띄워진 커피를 다 마셨다. 빈 잔을 가만히 본다. 퇴사하고 며칠이 지났다. 아니 하루가 지났다. 아침 산책하러 잠시 나갔다 왔다. 둘째 아이가 잠든 시간에 얼음 커피를 사기 위해서다. 출근하거나 쉬는 날 다녀오는 길과는 사뭇 달랐다. 공기가 달랐을까? 내 마음이 달랐을까?

그동안 번아웃(burn out)이었을까? 그런 생각이 들었다. 아침에 내리쬐는 해를 받으며 걸어가는 길에 느리게 가는 문 이란 문구가 떠올랐다. 느리게 느리게 걷고 싶었다. 매일 바쁜 일상이었다. 당연한 이야기지만 돈을 벌어야 하고 생계를 유지해야 했다. 아침 돌보미, 오후 돌보미 선생님이 와서 아이를 챙겼다. 그 시간에 나는 출근을 하고 일하고 점심을 먹고 오후 근무하고 퇴근했다. 매일 저녁 7시가 넘어 집에 도착하면 아이 얼굴을 그날 처음 보았다. 그게 일상이었다. 아이는 엄마를 찾았다. 13살인 첫째 아이도 그랬을 거다.

병원 업무는 쉽지 않았지만 내 몫을 차근히 수행해갔다. 내가 파트장으로서 해야 할 역할이 있었고 외래직원들을 진심으로 대했다. 그 마음이 전해져서였을까. 보석같이 빛나는 선생님들 한 분 한분이 생각이 났다. 그리고 단체 카톡에서의 마지막 인사와 함께 참 따듯한 말들이 오갔다. 나를 믿고 의지한 선생님들, 그리고 내가 많이 의지했던 선생님들 사이에는 묘한 인연의 끈이 연결되어있었다. 나는 알고 있다. 이것이 마침표가 아니라 쉼표라는 것을 말이다. 그리고 현재진행형이라는 것을 말이다.

내가 대표로 운영하게 될 최고그림책방은 경기도 김포에 위치한다. 구래역 근처에 사업장을 오픈하기 위해 인테리어 공사가 한창이다. 책장의 색깔 지정까지 하나하나 관심과 손이 가지만, 이 모든 과정을 차근히 즐겨보려 한다. 그리고 8월 16일 임시개업을 하려고 한다. 책방 하나만 떡하니 차리는 것이 아니라, 그

안에 소소한 챙김이 필요한 것들이 있다. 냉난방기, 포스기, CCTV까지.

그리고 제일 중요한 건 책과 사람과 성장이다. 내가 경험하고 깨달은 것들을 이제는 많은 이들과 함께 나누려 한다. 책방이 없던 구래역에 책방을 낸 이유다. 어느 글에서 본 적이 있다. 책방이 없는 도시는 도시가 아니라고. 지역주민들과 함께 그림책 이야기도 나누고 글도 쓰고 성교육 강의도 하면서 책방을 운영해 보려고 한다. 단순히 책만 있는 공간이 아니라 함께 온기를 느끼고 이야기를 나누는 그런 공간이 되고 싶다. 부족하지만, 그 사이의 공간을 함께 채울 수 있지 않을까?

가끔 어떻게든 되겠지 하는 마음이 정말 어떻게든 되어있다. 그리고 어떻게든 되겠지 하는 마음으로 오늘도 잘 살아 내보려 한다.

창업하기 전 나를 알기

일단 나는 평생 평범한 직장인으로 살 줄 알았다. 특출나게 남들보다 뛰어나거나 잘하는 것도 없었다. 내 주변이나 가까운 지인 중에는 일단 자영업자나 사업자가 없었다. 친정아버지도 평생 공직에 계시다가 퇴직했다. 하나의 사업을 끌고 간다는 건 역시 돈 문제가 가장 크다.

나는 정말 아무것도 없었다. 있는 거라곤 빚…. 살고 있던 임대아파트가 분양아파트로 전환되면서 주택담보대출을 아주 많이 받아야 했다. 그 빚 속에 자동차도 포함되어 있었다. 매달 나가는 월 이자와 원금이 부담스러워 최대한의 대출을 받은 것이다. 나는 10년이 넘는 기간 동안 간호사로 일했다. 신규간호사로 시작하면서 이런저런 조각 경력들이 그 자리를 메꾸어갔다. 처음

호기롭게 '나 관뒀어'라고 지금의 남편(당시 남자친구)에게 말했을 땐, 그렇게 짧게만 하고 나올 줄 몰랐다. 의료소송 간호사로 대학병원 간호사가 버티어내기엔 (특히 나처럼, 법이랑은 거리가 먼~ 사람과는) 역부족이었다. 그런 사실을 모르고 단순히 평일만 일하고 주말에만 쉬는 다른 직종을 기웃거리다가 처음 만난 의료소송간호사는 수습 기간만 채우고 그만두고 말았다.

그 이후 임상 시험기관, CRO(임상시험수탁기관)를 거쳐 경기도 김포로 이사 오면서 아이를 키우며 종합병원, 개인병원, 소아전문병원, 방문간호사를 두루두루 거쳐나갔다. 최종적으로는 강화의 종합병원 수간호사로 일했으니, 어찌 보면 간호사로서는 나름의 경력을 잘(?) 유지했다고 해야 하나? 내가 수간호사로 일하면서 만족이 없었던 건 아니다. 직급도 직급이지만, 함께 일하는 직원들도 좋았고, 병원 체계를 조금씩 따르거나 바꿔 가는데, 보람을 느끼기도 했다. 하지만 내가 창업을 선택하게 된 결정적인 이유는 마음의 소리였다. 주어진 업무만을 해내는 나이기도 했지만, 또 다른 한편으로는 나 스스로 무언가를 만들어내고 도전하고 모임을 추진하는 능력이 나에게 있다는 걸 어렴풋이 느끼기 시작했다.

이런저런 일을 하면서도 김포 구래역 근처에서 영어모임을 추진하기도 했고, 그림책 모임을 현재까지 운영하고 있었으며, 병원 외래에서 일하면서도 필요한 자료나 인쇄물을 뚝딱뚝딱 만들어내서 활용해보기도 했다. 나의 결과물을 누군가 칭찬해주면 괜히 뿌듯했고, 그래서인지 나만의 사업체를 만들고 꾸려나가고 싶다고 생각하기 시작했다. 2023년 1월 30일은 내 생일이다 (생일은 무조건 알려야 한다고 했다. 라디오에서). 그날을 기념으로 1월 30일에 사업자등록 신청을 미리 해두었다. 매장도 없고, 책방 같은 구석은 어디에도 없었지만, 홈택스에서 사업자등록 신고했다. 그때부터 최고그림책방은 움직이기 시작했다. 아주 천천히.

앞으로도 차차 창업 준비에 대해서 상세히 기술할 테지만, 간략히 말하면 사업자등록을 시작으로 '책방 창업'을 아주 천천히 테스트하듯 준비하기 시작했다. 예를 들어 이런 것이다. 거래처를 미리 등록해둔다. 나에게 주기적으로 그림책을 보내주던 출판사를 통해 알게 된 '웅진북센'이라는 거래처와 연락을 시도했다. 지역마다 담당자가 있었고 사업자등록증과 필요한 서류를 제출하면 거래처로 등록이 되는 과정이었다. 수간호사로 일하면서 거래처 등록을 처음 시작한 것이다. 미리 캔버스라는 프로그램을 통해 평소에도 외래소아과에 필요한 자료들을 뚝딱뚝딱 만들어 내던 나에게 '예비간판'은 일종의 테스트 같은 거였다. 첫째 아이가 아이패드로 쓱쓱 그려낸 그림 이미지를 사용해도 되냐고 물어보고 바로 간판 제작에 들어갔다. 미리 캔버스는 관련 서식이 아주 잘 구성되어 있어서 이미지만 첨부하면 간판으로 뚝딱 집으로 받아볼 수 있었다.

병원에서 짬짬이 점심시간마다 동료들과의 수다나 휴식 대신 브런치에 글을 올리기도 했고, 더블엔 출판사와 계약한 <그림책으로 시작하는 성교육> 원고를 집필하기도 했다. 근무시간과는 별개로 나는 점심시간을 마음껏 이용했다. 병원에서는 간호사라는 옷을 입고 간호사로서 해야 할 역할을 충실히 해내는 데 최선을 다했다. 나도 누군가 지시하거나 시키는 업무는 웬만하면 잘 해내는 나름의 능력 있는 간호사였으니 말이다. 하지만 시간이 지날수록 나만의 시간과 공간이 그리워지기 시작했다. 단순하게 예를 들면 이런 거다. 점심시간이지만, 자유롭게 돌아다니고 싶었다. 병원에서 의료인으로서 자유롭게 돌아다니기는 어려웠다. 또 하나는 아이들과 떨어져 있는 시간이 많다는 것도 문제였다. 7시에 출근해서 이런저런 장 볼거리를 서둘러 사 들고 오면 8시가 다 되어가는 시간 동안 아이들은 집에서 돌보미 선생님과 함께하거나 첫째 아이는 늘 방에서 혼자였다. 그런 모습이 눈에 들어올 때마다 '나의 진로'에 대해 심각하게 고민하게 되었다.

나는 직장인에 가까울까? 사업자에 가까울까? 를 고민하는 시간조차 사치였다. 내가 유일하게 할 수 있는 하고, 시작해야만 했다. 돈은 벌어야 하고 생계를 책임져야 하는 위치라서 절박함과 간절함이 나의 행동력에 불을 붙였다. 결정적인 계기로 퇴사 의사를 팀장님과 과장님에게 말하고, 7월 말 일로 병원 일을 관두게 되었다. 그리고 본격적으로 이미 계약해둔 상가 인테리어 공사를 시작하게 되었다.

나는 사업자(자영업)에 어울릴까? 일반 직장인에 어울릴까? 를 고민해보는 시간은 매우 중요하다. 나처럼 무언가를 추진하거나 만들어내는 데 관심이 있고 번거로운 일이지만 자유롭게 돌아다니는 걸 좋아하고, 나름의 깡다구도 있다면 사업자에 어울린다고 생각한다. 반면, 주어진 업무를 충실히 해내고 점심시간이 있고 정해진 월급을 받는 것을 선호한다면 직장인에 어울린다고 생각한다. 나는 일단 한자리에 붙어있질 못하는 성격이고, 어딘가를 싸돌아다녀야 한다. 사람을 만나든 거리를 걷든 운전을 하든 바람을 느끼든, 행동하면서 활력과 에너지가 생기는 걸 알았다. 사업자냐 직장인이냐 고민하기 이전에, 내 사업을 해야만 하는 절박함이 가장 큰 이유 중에 하나였다. 내가 아이들 곁에 무조건 있어야 하는 상황이었고, 친정으로 내려가든 이곳에서 내 사업을 시작하든 모 아니면 도였다. 그 당시의 상황은 나에게.

그래서 책방 오픈을 준비하고 고비고비를 넘어가며 실행할 수 있었다. 사업을 한다는 건 아무리 조그만 매장이라도 인테리어, 간판, 계약, 인터넷 CCTV 설치, 포스기 설치, 하다못해 매장의 이런저런 살림살이를 꾸리고 계획하는 일조차 모든 것이 나의 결정이고 선택이었다. 쥐뿔도 없었지만, 수간호사로 일반 직장인으로 근무하는 동안 신용등급이 나름대로 잘 유지되어왔다면 사업을 시작하기에 초기 자금 대출은 그래도 원만했을 것이다(내 경우는 퇴직금도 실업급여 기간도 채우지 못해 포기한 상황이었지만). 오기와 신념 하나로 버텨온 것 같다. 직장인으로 일하고 내 사업을 시작하고 꾸리면서 알게 된 사실 중의 하나는 사업은 모든 걸 헌신하겠다는 마음이 있어야 가능하다는 것이었다. 가족의 반대 지인의 반대와 우려 반대를 무릅씀에도 불구하고 '나의 의지와 신념'이 확실하다면 그 또한 밀어볼 만하다고 생각한다.

내가 구래역에 책방을 낸 이유는 일단 구래역에 책방이 없어서였고, 아이들에게 책방과 재미있는 그림책을 보여주고 싶어서였다. 책이 어려운 이들에게 책이 재미있고, 독서가 재미가 되도록 방법을 알려주고 함께 읽어보고 싶은 마음을 전하기 위해서였다. 그래서 책방을 시작했고, 그 메시지를 앞으로도 계속 전하려고 한다. 일이 년 단타 작으로 연 것이 아니라 나의 평생 의미 있는 목표이자 가치 있는 일임을 알기에 위험을 무릅쓰고 시작한 것이다.

책방을 운영하는 시간 외에는 아이들과 함께하는 시간을 보내고 있다. 그 시간이 나에게는 무엇보다 가장 의미 있고 가치 있는 일이라는 것을 안다. 내 삶의 우선순위는 가족, 그리고 책이다. 이때까지 삶에 끌려왔다면 이제는 삶을 끌고 가는 내가 뿌듯하고 대견하게 느껴진다. 지금껏 그래왔듯 쥐뿔도 없지만, 나의 신념과 메시지를 전한다는 나에 대한 믿음으로 한 걸음씩 나아가 보려 한다. 최고그림책방은 앞으로도 계속된다.

직장인이라서 창업하기 좋은 점

직장인이라면 누구나 한 번쯤 창업을 꿈꾸지 않을까? 학창 시절을 평범하게 보내고 대학교도 평범하게 다니고 국가고시도 평범하게 치르고 신규간호사로 입사하던 지난달을 되돌아봤을 때, 나는 그저 주어진 길을 곧이곧대로 평범하게 따라가고 있었던 것 같다. 언제부터였을까? 이런 평범하게 주어진 길이 나에게 맞지 않게 된 건.

사회생활을 시작하는 초입이라고 해야 하나? 아르바이트를 수많은 직종을 경험했다. 캐드사무소에서 간단한 컴퓨터 업무라든지 동사무소에서 서류 작업이라든지, 편의점 아르바이트, 고깃집 아르바이트, 개인과외 등을 전전하며 (약국 알바까지) 다양한 직업 현장을 간접 체험했다. 그 안에서 아르바이트라는 업무를 하긴 했으나, 정말 수박 겉핥기식도 많았다. 겉으로 보기에 참으로 편해 보이는 일도 실상은 그렇지 않았고, 편해 보이기만 했던 일도 엄마가 되고 아이를 키우다 보니 새삼 대단하게 느껴지기도 했다.

그랬다. 누군가 보면 정말 대단한 직종에서 편하게 일하는 줄 아는 사람들도 있을 것이다. 간호사라는 직종이 그랬을 것이고 수간호사라는 직급도 그랬을 것이다. 어떤 직업이든 장단점을 가지고 있다. 어쩌면 나는 보기보다 간호사라는 직종과 제법 어울렸을지도 모른다. 그게 아니라면 생각보다 이렇게 길~게 일하진 못했을 거다. 나름의 깡다구도 있어야 하고, 누군가 뭐라고 했을 때 주저앉아 울고만 있을 성격도 못 된다 나는. 반면에 환자나 아이들을 대할 때면 '내가 이런 면도 가지고 있었나?' 싶을 정도로 친절하거나 상냥한 구석도 있었다. 그 직업을 깊이 알아간다는 건 하는 일도 업무도 그렇지만, 그 일을 하면서 상대하게 되는 사람들과의 소통과 대화도 중요한 것 같다. 간호사라는 직업은 환자들의 안정과 회복을 최우선에 두고 상태변화나 처치가 필요한 상황에 민감하게 대처하고 의사에게 보고하는 일련의 업무를 모두 포함한다. 그 사이에서 어떻게 어떤 식으로 중재하는지도 간호사의 대처 능력이라고 봐야 할 것이다. 의사와 환자 사이에 간호사라는 징검다리를 건너게 되는데 말이라는 건 '아' 다르고 '어'다르다는 것을 임상에서 근무하면서 많이 느꼈다.

5년이라는 시간이 지나고 10년이라는 시간이 지나면서 보이게 되는 것들이 있다. 사람의 성향이나 보호자의 불만 사항은 물론, 사람과 사람 사이에 어떤 분위기나 나와의 캐미가 맞는지 안 맞는지도 그쯤 되면 체감하게 된다. 10년이 넘는 시간 동안 간호사라는 옷을 입고 환자와 보호자를 대하고 의사와 병원 직원들을 대했다. 나와 케미가 맞는 사람도 많았고 또 그렇지 않은 사람도 있었다. 케미가 맞는 사람들이 많았기에 나름의 병원 임상이 재미있었던 것도 사실이다. 첫 병원처럼.

이런 직장을 마다하고 나는 40을 넘긴 시기에 책방 창업을 생각하게 되었다. 직장인이라는 안정된 생활을 포기하는 건 쉽지 않았다. 주변의 우려 섞인 걱정과 시선도 완벽히 차단하고 막을 수는 없었다. 많은 사람이 나를 우려 섞인 시선으로 바라보아도 '나'라는 사람이 '가야 하는 길'이라면 그 길은 가야 한다. 대신 그 우려 섞인 자리를 내가 메꾸면서 채워나가면 된다. 직장인이라는 신분으로 내가 할 수 있는 작은 일들을 시작했다.

2023년 1월 30일 내 생일을 기념 삼아 '최고그림책방'이라는 이름으로 사업자등록을 했다. 홈택스에서 신청할 수 있는데, 생각보다 어렵지는 않았다. 내가 언젠가 책방을 열게 될 거라는 믿음이 있었기에 가능했던 것 같다. 그게 아니라도 언젠가는 꼭 책방을 열고 싶다는 생각이 강했기에 실행에 옮길 수 있었다. 도매

소매업으로 선택하고 그림책과 스터디룸 업종등록을 선택 후 미리 사업자 등록신청을 했다. 그렇게 나의 첫 번째 사업자등록증이 화면에 나타났다. (홈택스로 사업자등록 신청하면 지정한 날짜로 사업자등록증이 나온다. 출력하면 끝!)

직장인이라는 신분으로 또 해볼 수 있는 건 작게나마 소모임을 꾸려보는 거다. 나는 그림책에 관심이 많았다. 그래서 김포 그림책 모임이라는 주제로 맘카페에 사람들을 매달 모집했다. 처음에는 한 명으로 시작했다. 한 명이라도 댓글이 달리거나 연락이 오면 예정된 그림책 모임을 열었다. 내가 골라둔 그림책들을 바리바리 싸 들고 가서 투썸 카페 (주로 그림책 모임을 여기서 열었다)에서 모임을 진행했다. 한 명에서 시작했는데 몇 달이 지나고 나니 사람들이 제법 모였다. 투썸의 한 공간이 그림책 모임 사람들로 채워졌다. 무엇이든 '한 명'에서 시작하면 된다는 걸 알았다!!

직장인이라서 창업하기 좋았던 점 중의 하나는 바로 '대출이 가능하다'라는 거였다. 대출 자격조건에는 재직기간(보통 6개월에서 1년)과 연봉이 포함된다. 재직기간도 당연히 길~수록 유리하고 연봉도 많을수록 유리하다. 나는 일단 현병원에 입사하기 전에 실업급여를 받았다. 이전 직장이 다른 곳으로 이전하게 되면서 (강원도 원주로) 나는 졸지에 실업자 신세가 된 것이다. 집에서 가까워서 아이들을 돌보기에 유리한 곳이었는데, 폐업하게 된 것이다. 그렇게 실업자가 되고 3개월 정도는 실업급여를 받아도 보았다. 하지만 생활비와 대출금을 갚기에는 턱없이 부족했기에 다시 병원을 알아보기 시작했고, 그렇게 종합병원 수간호사로 입사하게 되었다.

창업을 준비하기에 필요한 건 뭐니 뭐니 해도 '돈'이다. 돈이 아주 많이 든다. 솔직하게 말하면. 그래서 가능한도 내에서 최대한의 대출을 받아두는 것이 좋다. 직장인의 신분이라면, 그것도 오랜 기간 많은 연봉을 받았다면 더더욱 대출한도가 많이 나오고 금리도 우대금리를 적용받아서 낮을 것이다. 여러모로 유리한 부분이 많다. 실제로 사업자가 되어보니 일단 직장인처럼 기간이 길어야 하는데, 사업이라는 게 한꺼번에 껑충 뛰지는 않는다. 6개월에서 1년간은 내 돈을 오롯이 다 쏟아부어야 한다. 그렇기에 적어도 6개월~1년간은 매출이 크게 발생하지 않는 부분을 상쇄하고도 남을 만큼의 비상 자금(즉, 대출)을 받아두는 편이 유리하고 현명하다.

직장을 다니면서도 내 미래의 사업을 구상해 볼 수는 있다. 내가 관심 있는 분야의 소모임을 만들어보거나, 미리 사업자등록을 해두면서 (필요하다면 통신판매업등록까지) 내가 사업자로서 갈망이나 열망, 추진력이 있는지 테스트해 보는 것도 좋겠다. 섣불리 직장인을 하루 만에 퇴사하고 사업자로 뛰어드는 건 누가 보아도 무모하다. 사전에 할 수 있는 것들을 시도해보면서 작게 시작하면 된다. 지금 직장 다니기가 너무 괴롭고 힘든 경우도 마찬가지다. 나만의 작은 사업을 구상하고 작은 것들을 시도하면서 나름의 활력소가 될 수 있고, 직장에서 따박따박 나오는 월급을 가지고 나름의 소모임을 꾸리면서 즐거움을 찾을 수도 있다. 또 그러다 보면 직장생활이 재미있어질지도 모르고, 직장 내에서의 소모임을 추진해 볼 수도 있을 거다.

직장생활이 힘들어 나름의 사업을 구상하고 이런저런 작은 시도를 해보았는데, 내가 생각했던 것과 다르다는 걸 느끼는 것도 큰 깨달음이다. 사람은 해보지 않고는 모른다. 남이 이렇다 저렇다 하는 것은 지극히 그 사람의 주관적인 생각이고 의견이고 견해다. 내가 해보아야 아는 것이 있다. 깨닫게 되는 것들이 있다.

직장생활도 좋고 사업자 생활도 좋다. 사업자 하다가 다시 안 맞으면 직장으로 돌아가도 좋다. 중요한 건 이거다. 내가 진실로 좋아하는 일이 무엇인가. 그 일을 찾는 거다!

제주도에서 책방 이름을 정하다

그림책 방 이름을 정할 때 솔직히 크게 고민하지 않았다. 약 1년 전쯤 제주도에 북콘서트가 예정되어 있었다. 제주도 여행도 갈 겸 (신혼여행을 제주도로 간 이후로 처음이었다!) 가족여행으로 숙박도 예약했다. 아이들과 함께한 시간이 적어서였을까? 제주도에서는 아이들과 시간을 보내고 오자는 마음이 사실 컸다. 비가 추적추적 오는 날에도 근처 관광지를 돌아다니다가 한 이비인후과를 발견했다. 2~3층 건물로 운영되고 있던 이비인후과 병원의 이름이 '최고' 였다. 나는 자연스럽게 최고 그림책방을 떠올리게 되었다. 최고 최고. 책방을 내는 게 목표였던 당시에 이름을 뭐로 정할까 고민은 하고 있었다. 그러다가 어느 순간 눈에 들어온 '최고'라는 글씨를 본 순간 직감했다. 아, 최고 그림책방으로 정해야지!

최고라는 말에는 단연 최고의 물건을 취급한다는 의미도 내포되어 있다. 내가 10년 가까운 시간 동안 고르고 고른 알짜배기 같은 그림책들을 나의 책방에 두고 싶었다. 어느 가정에나 한 권쯤은 있었으면 하는 그림책도 있었고 펼치면 눈물이 툭 하고 터지는 그런 그림책도 들이고 싶었다. 어린아이들부터 고학년까지 성교육하기에 일등 공신인 그림책들도 들이고 싶었다. 엄선하고 선별한 책들로 부모님과 아이들에게 다가가고 싶었다. 간호사로 일하면서도 그림책과 책을 사 모으고 재미있고 맛있는 그림책들을 골랐다. 새 책이 올 때 늘 언제나 기분이 설레고 좋았다. 나는 새 책의 책장을 펼치는 걸 좋아한다. 예전 작은 도서관을 방앗간 드나들듯 다녔을 때도 신간 코너 주변을 배회했다. 사냥감을 물기라도 하듯 신간 코너의 새 책을 물색하고 들여다보았다.

새 책에는 나름의 향이 베여 있다. 책을 넘길 때의 기분과 분위기가 좋다. 스르륵 넘기는 소리도 좋다. 그림책의 매끈한 표지를 만지는 느낌도 좋다. 처음 나를 마주한 그림책을 보면서 아까운 듯이 한 장 두 장을 넘겨본다. 그리고는 덮는다. 누군가와 처음을 함께하고 싶은 기분이 드는 거다. 그래서 그런 그림책은 조금 아껴둔다. 한 달에 한 번씩 김포에서 그림책 모임을 진행한다. 그럴 때 나 역시 이미 본 사람이 아니라, 처음 그림책을 접하는 느낌을 공유하고 싶었다. 대부분 소개하는 그림책들이 엄마들에게는 처음인 그림책이 많다. 그래서인지 느낌이나 감상이 새롭고 신선했다. 내가 느낀 감정을 함께 느낀 일도 있었고, 내가 못 보았거나 놓쳤던 부분을 알려주는 경우도 많았다. 그림책에는 작가의 의도도 있지만, 그림책을 만나는 손님인 내가 느끼는 감정이 우선이다. 하나의 그림책을 보고도 별 감흥이 없는 사람이 있는가 하면, 제 나름의 상황이나 경험을 그림책과 함께 녹여내면서 자신만의 그림책 세계를 만드는 사람도 있다. 그런 경험을 공유할 때 우리는 그림책의 힘을 느낀다. 아, 나도 그런 적 있었는데. 그림책을 보면서 할머니를 생각하고 엄마를 생각하고 남편을 생각하고 아이를 생각한다.

신중하게, 혹은 신중하지 않게 정한 최고그림책방의 이름처럼 나는 '최고'를 고집한다. 편의점 매대에는 선택과 결정에 따라서 물건들이 올려진다. 편의점의 물건을 바라볼 때, 나는 그림책을 생각한다. 어떤 그림책을 진열대에 올려둘까? 앞면이 보이도록 전시해두는 칸에는 또 어떤 그림책을 올려둘까? 나의 선택과 결정에 따라서 나의 책방에 오는 이들은 그림책을 볼 것이다. 진열대에 보기 좋게 올려진 그림책을 보고, 관심을 가지고 아이들에게 읽어줄 것이다.

최고그림책방은 그림책방이지만, 그림책만 있지 않다! 흔히들 오해들을 많이 한다. 그림책방이라는 이름만 듣고 그림책만 있다든지, 아이들만을 위한 곳이라는 오해를 불러일으키는 거다. 하지만 나의 최고그림책방에는 자기계발서, 수필, 소설, 요즘 인기 있는 베스트셀러, 반려동물 도서들까지! 그림책을 포함한 다양한 도서를 입고하고 사람들을 기다리고 있다. 어린이부터 성인까지 즐길 수 있는 그림책도 있고, 아이들에게 늘 인기 많은 쿠키런이나 만화책도 일부 비치해두고 있다. 책에는 경계가 없어야 한다.

어린 유아나 특정 분야를 구분해놓기는 하지만, 일률적인 딱딱한 배열을 좋아하지 않는다. 그래서 책방에도 두루두루 다 함께 볼 수 있는 그림책과 책들을 비치해두는 거다. 나의 둘째 아이가 데미안 표지를 좋아하고 책장을 넘기듯이, 나는 책도 그래야 한다고 생각한다. 그리고 그림책을 읽어주는 부모도 재미있는 책을 골라볼 수 있어야 한다고 생각한다. 그림책방에는 그림책만 있는 게 아니라, 부모나 할머니 할아버지가 찾아서 볼 수 있는 재미있는 책을 그래서 준비해두는 거다. 그림책을 사러 왔다가 자기계발서를 보고, 에세이를 보고 소설을 본다. 아이 그림책을 사러 왔다가 나를 위한 책도 산다. 아름다운 그림책, 예쁜 그림책, 맛있는 그림책을 보는 것은 덤이다. 그림책 박물관으로 여러분을 초대하고 싶다. 바로 내일, 그림책 강의가 열리는 날이다.

아마 조금은 잠을 설칠 것 같다. 하지만 오랜만에 참 기대되는 순간이기도 하다. 정식으로 책방을 오픈한다!

예비간판을 만들다

보기에는 굉장히 엉뚱하지만, 예비간판을 만들었다. 누군가 보면 정말 "책방 열기를 작정하고" 이거저거 다 해본 거 같다. 사실 맞는 말이다. 2023년 1월 30일 내 생일을 기념으로 사업자등록신청을 했다. 막연히 가지고 있던 나만의 미래책방이 '현실화' 되는 기분이었다. 실제로 사업자등록을 해두면 (실제 가게 운영을 하기 전까지) 여러모로 도움이 되는 부분이 있다. 사업자라는 위치에 서면 무한책임감이 따라온다. 집 주소지로 등록해두고 이후 매장을 오픈하게 되면 주소정정을 하면 된다. 2023년 초반에도 김포 그림책 모임을 운영하고 있었다.

단 한 명에서 시작하다

사업자등록을 하기 훨씬 전부터 그림책 모임을 시작했고, 일하면서도 한 달에 한 번은 꼭 그림책 모임을 열고 있었다. 또 그 훨씬 이전에는 다양한 모임에 참석하기도 했고 (영어와 관련된 모임이 많았다) 내가 직접 모임을 주도하기도 했다. 내 집에서 원어민 선생님을 모시고 모임을 열기도 했는데, 그때도 아이들과 엄마들의 인기가 대단했다. 영어에 관한 관심은 예전이나 지금이나 많은 것 같다. 영어를 잘하고 싶은 마음, 언젠가 한 번쯤 꿈꾸는 (실제로 이루어내기도 하는) 해외여행, 세계여행을 준비하고 싶은 마음, 그게 아니라도 일단 영어라는 것 자체가 우리에게 있어서 높은 장벽은 맞는 것 같다. 영어를 평소 사용하지 않으니, 이렇게라도 영어를 사용하고 영어와 친해지고 싶어서 영어모임을 만들고 영어스터디에 참여했던 것 같다.

나의 작은 그림책 모임도 그랬다. 처음에는 한 명에서 시작했다. 이전에 영어모임을 주도하고 사람들을 모집하는 일이 익숙해진 나는 지역 커뮤니티 카페에 그림책 모임 (회비 없이) 회원을 모집하기 시작했다. 반응이 있는 날도 있었고, 반응이 없는 날도 많았다. 그래도 묵묵히 한 달에 한두 번씩 그림책 소개하기도 하고 그림책 모임이 열리니 관심 있는 분들은 참석해보세요! 라며 외쳤다.

아이를 키우고 있거나 아이들이 많이 성장한 이후에 엄마들이 관심을 보였다. 그림책이 좋지만 어떤 그림책이 좋은지 실제 모임에 와서 놀라는 경우도 많았다. 세상에 이렇게 예쁜 그림책이 있었다니! 이런 그림책이 있다는 게 놀라워! 아이에게 이 그림책을 읽어주었더니 정말 좋아하더라. 등등의 모임 후기도 줄을 이었다.

뿌듯했다. 내가 아는 선에서 그림책을 나누고 보여주었을 뿐인데 사람들이 좋아하고 그 영향이 아이들에게까지 전해지는 것 같아 '그림책 모임 시작하길 잘했다'라는 생각이 들었다. 매달 그림책을 고르고 선별하는 일을 내 몫이었다. 그 당시 내 집에서 모임을 하기도 했는데, 6자리가 만석이 될 정도로 인기가 뜨거웠다. 그림책을 함께 나누고 있으며 각자의 인생스토리를 들어보기도 했는데, 눈시울이 뜨거워질 때도 있었다. 책을 본다는 건, 그림책을 함께 읽는다는 건 이런 의미다. 사람을 읽고 그 사람의 살아온 환경을 들어보는 시간도 중요하다. 그림책에 담긴 메시지가 전하는 울림이 배가 된다. 우리는 매일 각자의 바쁜 일상에 치어 나의 감정을 보살피는 일에 인색하다. 그럴 여력이 없다. 하지만 이런 모임을 통해서 '나라는 사람'이 어떤 사람이고, 나는 어떤 감정을 느끼고 있었는지, 그때의 감정을 표현할 줄 몰랐는데 이런 그림책 모임을 통해 사람들에게 이야기하면서 아, 내가 그때 느낀 감정이 이런 거라는 것을 깨닫게 되기도 한다. 나는 이 그림책 모임이 참 좋았다.

예비간판뿐만 아니라 나의 명함도 만들어보았다. 사실 명함 만드는 일이 정말 쉽다! 방법만 알고 프로그램만 간단히 사용할 줄 알면 명함을 뚝딱뚝딱 내가 원하는 대로 만들어낼 수 있다. 미리 캔버스라는 프로그램을 설치하고 왕관표시의 유료콘텐츠 대신,

무료 콘텐츠만 이용해서 꽤 쓸모있는 작품이 만들어진다. 네이버에 '미리 캔버스'를 검색해서 들어가 보자.

나는 사실 블로그를 시작하기 위해서 미리 캔버스를 배웠다. 이런 프로그램이 있다는 사실도 놀라웠는데, 이렇게 쉽고 간단하게 만들 수 있다고? 우리가 흔히 블로그나 인스타를 보면 이런 건 어떻게 만들었나? 하면서 전문적으로만 생각하는데 사실 그렇게 어렵지 않다. 정해진 틀에서 필요 없는 부분을 삭제하고 내가 필요한 이미지를 집어넣고 쓰고 싶은 문구를 적으면 끝이다. 그렇게 나는 미리 캔버스와 서서히 친해졌고, 카드 뉴스에서 만든 이미지를 블로그에 하나씩 넣기 시작했다. 지금의 블로그 모습이 처음 배울 당시의 분홍바탕화면에 글자만 넣은 굉장히 단순한 형식 그대로다.

쉽다고 생각하면 쉬울 것이요, 어렵다고 생각하면 어려울 것이다. 내가 필요해서 수업이나 강의, 과정을 듣는 것도 매우 중요하다. 하지만 거기서 끝이면 안 된다. 내가 실제 해봐야 실력이 늘고 재미도 붙는다. 나 역시 블로그 수업이나 유튜브 과정을 들은 적이 있는데, 그 당시에는 아. 돈 아깝다고 생각했다. 하지만 그 이후 내가 직접 찾아가면서 '실제 해보면서' 나에게 필요한 부분을 내 것으로 만드는 과정을 지나왔다. 이런 건 어떻게 하지? 다른 좋은 영상을 보면서 따라 해보고, 다른 블로그를 보면서 따라 해보았다. 가장 기본적인 것만 세팅하고 시작한다면 그 이후에는 각자의 몫이다. 조금 더 배우고 싶고, 알고 싶다면 내가 실제로 해보아야 한다.

미리 캔버스도 그랬다. 블로그에 사용할 카드 뉴스를 만들면서 시작했는데 거기에서 멈추었다면 지금의 전단지나 스티커나 예비간판은 없었을 거다. 아주 단순히 어떻게 사용하는지 방법 정도만 배우더라도, 거기에서 내가 만들고 싶은 작품을 구상하고 명함을 실제로 만들어보고 인쇄물 제작 주문하면 굉장히 단순한 방법으로 이루어진다는 걸 알 수 있다. 예비간판에 들어가는 이미지는 첫째 아이가 아이패드로 그린 이미지인데, 동의를 구하고 나의 간판에 이미지를 넣었다. 다소 우스꽝스러운 이미지이긴 하지만, 나는 참 마음에 든다.

아이가 그려주었고, 내가 처음으로 만난 예비간판이기에 마음이 더 애틋하다. 예비간판이 있었기에 지금의 간판 설치도 이루어낼 수 있었겠지? 실제 간판 제작은 보통 50만 원에서 200만 원 사이를 오간다. 다양한 곳에서 견적을 받기도 했지만 중요한 건 '나만의 간판'이 있다는 사실이다. 내 이름이 있듯이 내 사업장의 이름도 그렇게 탄생하였다. 어느 회사, 무슨 직장이 아니라 나만의 사업을 꾸려나간다면 여러분은 어떤 이름으로 하고 싶은가? 어떤 간판으로 내 가게를 꾸미고 싶은가? 한번 생각해보자. 그리고 미리 캔버스로 상상의 간판을 한번 만들어보자. 혹시 아나? 그 예비간판이 실제 간판이 되는 날이 오게 될지도 모른다.

네이버 지도에 등록하다

네이버 지도는 막강한 힘이 있다. 일단 검색이라고 하면 100이면 100 네이버를 떠올린다. 언제부턴가 네이버는 우리 일상에서 빠져서는 안 되는 존재가 되었다. 초록색의 표시만 보아도 네이버가 떠오른다. 초록 검색창에 단어를 입력하고 우리가 찾는 모든 것들이 나온다. 블로그도 마찬가지다. 사람들은 궁금하거나 검색이 필요한 것이 있으면 '네이버 초록 창'을 이용한다. 그 안에는 오만 것들이 들어있다. 검색하면 다 나온다.

나 역시 가고 싶은 장소나 리뷰가 궁금한 곳이 있을 때 네이버를 이용한다. 하물며 모르는 단어가 나와도 네이버 국어사전, 영어사전을 이용하고 있다. 올 초 최고그림책방이란 상호로 사업자 등록 신청을 했다 (이전 글 참고). 사업자등록은 했지만, 사람들이 알아야 했다! 구래역에 방 한 칸이지만 최고그림책방 이란 곳이 있다는 사실을 알리고 싶었다. 한 달에 한 번씩 이루어지는 그림책 모임에 불과했지만, 구래역에 책방이 존재한다는 사실을 알려야만 했다. 그래서 네이버 초록 창에 검색해 보았다. 우리가 흔히 네이버로 검색은 많이 하는데, 어떻게 하면? 등록을 할 수 있지? 실제로 오프라인 매장이 없는데도 (집 주소로) 가게 운영하는 곳도 더러 있었다.

아이가 2학년 무렵 즈음 수학의 도움이 필요할 것 같았다. 네이버 지도에 '구래동 수학'이라는 키워드로 검색해 보았다. 학원에서 많은 학생과 이루어지는 수업보다는 선생님과 차분히 받을 수 있는 곳이 있을까 알아보던 중, 초등학교 바로 앞 아파트단지에서 등록된 곳을 발견했다. 아주 짧은 기간이긴 했지만, 남자 선생님과 연필 잡는 법부터 수학의 기초연산을 배우기도 했다. 그 당시의 기억이 떠올랐다.

실제 오픈 매장이 없어도 네이버에 등록할 수 있구나! 라는 사실을 말이다. 네이버에 '네이버 지도 등록'이라는 키워드로 검색하니 '네이버 스마트플레이스' 홈페이지가 나왔다. 이렇게 쉽게 된다고? 순간 어안 벙벙하던 것도 잠시, 바로 클릭해서 들어가 보았다. 맞다. 그렇게 쉽게 되는 것이었다. 다만, 나는 사업자등록을 미리 해두었기에 가능했다. 첨부파일에 사업자등록증을 첨부하고, 나머지는 집 주소지와 간략한 정보만 입력하면 완성되었다. 네이버는 특히 좋았던 게, 개인 핸드폰 번호를 표시하는 대신 '스마트콜'이라는 절차가 있어서 이후로도 도움을 받았다. 네이버 자체적으로 소비자와 사업자 간에 연결해주면서 '개인정보보호'라는 기본적인 걸 지키게 해 주었다. 사실 소비자 입장에서도 개인 핸드폰으로 연락하는 것보다 스마트콜로 전화하면 부담이 훨씬 줄어든다.

네이버 스마트플레이스에는 책방의 이름부터 소개를 포함한 운영시간 기재하는 부분이 있었다. 나는 당시 병원간호사로 평일과 토요일에 일하고 있어 운영시간을 적을 수가 없었다. 한 달에 한 번 열리는(?) 책방도 아니고, 뭐라고 적기가 애매했다. 그래서 솔직하게 기재했다. 단순히 구래역에 '책방'이 존재한다는 사실, 그리고 전화는 가능하다는 사실 그 2가지만 지속하기로 했다. 언젠가 오프라인 매장을 열게 될 때까지는 집 주소지로 나만의 책방을 유지하기로 한 것이다.

그림책 모임이 열리는 날, 찍어둔 그림책들의 사진으로 네이버지도 메인화면에 등록해 두었다. 그림책 성교육 강의가 이루어지거나 그림책 모임이 열리던 날, 책을 판매하기도 했다! 우연히 봄길책방 인스타를 통해 성교육 강의를 제안받아 김포 월곶면에 있는 봄길책방에서 성교육을 진행하기도 했다. 토요일 병원 근무를 마치고 봄길책방에 방문하기도 하고, 쉬는 날 온라인 강의가 열리는 날에는 봄길책방 공간을 빌리기도 했다 (대표님 감사합니다!). 그림책 모임이 봄길책방에서 이루어지는 날에는 그림책을 바리바리 싸 들고 갔다. 초등학교 선생님으로 일하는 선생님과 맛있는 그림책 이야기를 나누기도 했다. 선생님은 맛있는 그림책을 정말 좋아하며 내가 바리바리 싸 들고 간 그림책을 모두 사 가기도 했다. 그렇게 사간 그림책 사진을 찍어 네이버 방문리뷰에 올려주기도 했다. 아마 그때부터였을까? 아~ 내가 책방을 하는구나! 책방을 열어도 되는구나! 알게 된 순간이.

누군가는 우연이라 말할 수도 있을 값진 인연들이 곳곳에서 만남을 이어갔다. 봄길책방이 그랬고, 선생님이 그랬다. 그림책 모임에 와준 한 분 두 분의 회원님들이 그랬다. 사람과 사람을 이어준 그림책이 나만의 책방을 만들기에 충분했다. 나는 그 속에 무엇을 느꼈을까? 그림책이 참 좋다는 느낌으로 시작한 김포 그림책 모임이 사람들의 발걸음으로 온기를 더해갔다. 세상에는 그림책을 좋아하는 사람들이 이렇게 많구나! 하는 사실도 깨달았다. 문득 생각나는 아기엄마가 있다. 아기 띠를 하고 봄길책방에 찾아온 엄마였다. 김포에 살았지만, 위치상 봄길책방에 오기는 쉽지 않은 거리였는데 택시를 타고 왔다고 했다. (자차로 월곶 안쪽으로 들어오면 봄길책방이 있다) 그날 어떤 시간에 나 역시 봄길책방에 방문했는지 정확히 기억나지는 않지만, 아기엄마와 같은 공간에 있었다. 책을 보고 싶다는 생각에 달려온 것이다. 같은 공간에서 책방 대표님도 함께 있었다.

그림책에 관한 이야기를 자연스럽게 나누면서, 나의 책 <하루 10분 그림책 읽기의 힘> 이야기도 나왔다. 김포 그림책 모임을 진행한다는 정보를 알리고 그렇게 인연이 되었다. 어둑해지는 저녁 시간, 책방 대표님이 손수 아기엄마의 배웅을 도와주었다. 그런 모습을 보면서 나에게도 대표님의 사람에 대한 배려가 느껴진 것 같다. 나도 이런 마음으로 책방을 운영해야겠다는 묘한 감정과 다짐을 하게 되었던 것 같다. 누군가 이렇게 저렇게 해라. 말하지 않아도 마음으로 느껴지는 온전한 순간이었다.

몇 개월 후 나는 책방을 열었고 오늘도 책방을 열었다. 눈길을 헤치고 와준 다혜 님과의 담소가 마냥 즐거웠다. 최고그림책방은 사람들에게 어떤 모습으로 기억될까? 책방을 운영하고 책임지는 나는 어떤 모습으로 다가가면 좋을까? 눈 오는 날 아침 생각해 본다.

집 주소라서 매장이 필요했다

이전에 내가 네이버 지도에 등록해 둔 '최고그림책방'은 우리 집 주소였다. 실제 매장을 열기 전까지 나의 실거주지를 주소 등록해 두었다. 어느 날 뚝딱 만들어지는 게 아니라, 책방을 오픈하기 이전부터 책방이라는 직업도 체험해보고 싶었고 <최고그림책방>이라는 이름도 알리고 싶었다. 어쩌면 책을 내는 것도 이와 비슷하다고 생각한다. 책이 나오면 그 책이 정말 잘 팔릴 것 같지만, 실제로 그렇지 않다. 표지디자인을 입히고 인쇄소에 들어가 작업을 마친 따끈따끈한 신간임에도 불구하고 요즘 같은 출간이 매일같이 수십, 수백 권씩 이루어지는 시기에는 반짝! 하고 신간으로 잠깐 나왔다가 사라지기 일쑤다. 온라인서점에서는 편집자의 픽을 받거나 출판사의 역량으로 메인에 올라오기도 한다.

오프라인도 마찬가지다. 하물며 개인이 내는 저서로 치자면, 대형서점이나 온라인서점에서 책의 민낯이라도 보이기에는 정말 어려운 일이다. 책방이라는 사업도 그랬다.

어느 날 최고그림책방이 문을 열었다고 해서 여기저기서 사람들이 몰려들고 길 가던 사람들이 들어오는 것은 아니다. 실제로 많은 부분을 경험해보기도 했다. 오픈 당일에는 잔뜩 긴장하고 아르바이트생도 고용했지만, 사람이 많을 거라는 내 예상과는 달리 평범하디 평범한 일상 중 하나였다. 오히려 이후 책방에 온 손님들이 친구와 동행하고, 남편이나 자녀와 동행해주면서 책방이 서서히 빛을 내기 시작했다.

사업자등록을 하고 강화의 종합병원으로 출퇴근하는 동안 나는 네이버 지도에 등록된 <최고그림책방>을 아주 작게나마 홍보하고 있었다. 네이버에 등록된 책방을 보고 연락을 주는 이들도 있었다. 김포 그림책 모임이 열리는 날에는 집 주소지로 등록된 네이버 지도 약도를 알려주고는 했다. 없는 것보다는 나았다. '구래동 서점'이라는 검색어 하나에도 최고그림책방이 검색되고 연락을 주니 신기하고 고마울 따름이었다. 당시 연락이 와도 방문해 달라는 말을 하지는 못했지만, 조만간 문을 열 거예요~라는 말로 대신했다. 그리고 그림책 모임이 열리는 날이면 나의 주거지 작은 방 한 칸을 테이블과 책장, 책으로 꾸미고 손님들을 초대했다. 작은 방 한 칸에 본보기로 만든 간판도 있었고, 나름의 명함도 있었다!!!

본격적으로 5~6월부터는 쉬는 날이나 연차를 사용한 날에 부동산을 다니기 시작했다. 이곳저곳 상가를 구경 다니기도 하고, 중개사와 함께 혹은 나 혼자 임대건물을 보러 다니곤 했다. 장소를 물색하기에는 내가 잘 아는 곳이 좋다. 사람들이 오고 가는 위치를 알 수 있고, 아이들의 동선 학부모들의 동선도 파악할 수 있었다. 약간 외진 곳이지만 카페가 있어서 엄마들이 주로 오는 위치도 알아봐 두었다. 해당 건물 주변을 빙 둘러보기도 했고 상가건물 옆 매장에 들어가 직접 물어보기도 했다. 불편한 사항은 있는지, 소음이나 겨울철 난방은 잘 되는지 등등 이미 계약한 사람처럼 건물을 동태를 살피기도 했다.

7월 말경 나는 한 상가와 계약을 했다. 구래역에서 가까운 일층 건물이었다. 2층이 세가 저렴하긴 했지만, 유모차를 끌고 다니다가 눈에 뜨일 수 있는 장소, 역을 지나다니다 호기심에 들러보는 곳으로 정했다. 보증금을 조금 더 높이고 세를 조금 낮추었다. 나름의 조율을 하고 렌트프리기간도 받았다. (계약기간을 채우지 못하면 렌트프리기간 동안의 월세도 전부 내고 퇴거해야 한다) 계약을 일단 하고 나니, 뭔가 색달랐다. 나의 주거지 이외에 나만의 매장이 생기는 기분은 실제 경험해보지 않으면 알 수가 없다. 2년의 계약기간이지만, 텅 빈 곳을 나의 일터로 꾸민다는 생각에 설레기도 부담이 되기도 했다. 그렇게 나만의 보금자리가 생겼다.

집 주소지로 되어있던 네이버 지도를 수정했다. 잔금을 치르자마자 매장 주소지로 네이버 지도를 수정했다. 정말 홀가분했다. 이제는 사람들이 최고그림책방을 검색해서 찾아올 수 있다! 매장 주소가 생겨서 좋은 점을 생각해보았다.

오프라인 매장이 생겨서 좋은 점

1. 집 주소가 더 이상 노출되지 않아서 좋다
2. 서평 이벤트나 택배 보낼 때 정식 판매장이 생겨서 좋다
3. 책방은 뭐니 뭐니 해도 사람들이 찾아오기 쉬워야 한다. 그래서 좋다!!!

내가 실제 거주하고 있는 집 주소가 노출되어서 사실 불편했다. 공부방이나 개인교습서는 홍보하는 측면에서도 좋지만, 책방이라는 업종은 개인과외라기보다 다수에게 노출되고 찾아오기 쉬운 곳이어야 한다. 사생활과 업무공간의 분리라는 측면에서도 편리했다. 재택근무의 단점은 아무래도 나의 사생활이나 육아적인 부분이 완벽히 분리되지 못해서 불편한 점이 생기기 마련이다. 일과 관련된 부분은 아무리 작은 공간이라도 따로 분리하는 것이 편했다. <하루 10분 그림책 읽기의 힘>이 출간되고 서평 이벤트를 진행한 적이 있었다. 보내는 사람만 기재할 수 없어서

집 주소를 적었다. 연락처는 둘째치고, 집 주소를 적는 것이 묘하기도 하고 불편했다. 그런 사소한 부분들이 나만의 매장을 여는 데 박차를 가하게 했다고 생각한다. 알게 모르게 미묘하게 불편했던 부분들은 매장을 계약하면서 말끔하게 해결되었다.

구래역 근처에 도보로 올 수 있는 편한 거리에 최고그림책방을 열었다. 처음 오는 사람들은 헤맬 수도 있다. 바깥에서는 보이지 않기 때문이다. 구래역 근처 LG 유플러스 매장과 NBB 노브랜드 버거 사이 골목길로 쭉 들어와야 <최고그림책방> 간판이 보인다. 자차로 올 때도 찾아오기 어렵다. 그래서 나름의 방법으로 최고그림책방 주차하는 방법 안내도를 만들어보았다. 주차하는 장소를 한번 터득해 두면 이후에도 찾아오기가 정말 쉽다.

처음 오는 분들을 위해 약도를 만들고 명함을 만들고 나름의 전단지를 만들고 붙여두었다. 월세 200~300 가까이 되는 터가 좋은, 한눈에 찾기 쉬운 곳이라면 사람들이 찾기 쉽고 그만큼 손님도 많을 것이다. 하지만 내가 할 수 있는 적정선에서 매장계약을 하고 나름을 방법들을 구상해 내고 실천했다.

최근 파주 헤이리에 위치한 <쑬딴스북카페>에 방문했다. 그곳 대표님의 저서가 우선 마음에 들었고 사인받고 싶었다. 책방 운영, 책 출간에 관한 조언도 물어보고 싶었다. 스스럼없이 대답해주는 모습에서 친근감과 포근함을 느꼈다. 대표님도 최근 2번의 이사를 했다고 한다. 원래는 구래동에 (내가 사는!) 책방을 냈다가 높은 월세로 파주로 옮겼고, 옮긴 헤이리 책방이 사람들의 이목을 끌기는 좋았으나 뜨내기손님이 너무 많았다고 한다! 그래서 지금의 위치로 옮겼는데 너무 좋다고 말했다. 정말 오고 싶은 사람들만 찾아서 오고, 책을 사 간다고 한다. 그 말에 너무나 위안받았다.

쑬딴스북카페 대표님을 만나고 3가지를 느끼고 왔다. 나도 잘하고 있구나, 난 혼자가 아니야, 그리고 정말 오고 싶은 사람들이 오는 책방을 만들어야겠다는 깨달음이 새겨졌다. 터가 좋고 사람들의 이목을 받고 한눈에 찾기 쉬운 곳도 나름의 불편한 점이나 문제점들이 많겠다는 생각이 들었다. 많이 들어오는 만큼 정리가 안 될 것이며, 아르바이트를 고용해야 할 것이고, 그만큼 월세에 대한 부담이 훨씬 클 것이다. 나는 지금에 만족한다.

오고 싶은 사람들이 오고, 지나가다가 들어오고 싶어서 들어오고, 그분들이 친구와 자녀와 가족분들과 함께 올 때 나는 참 행복하다. 그리고 뿌듯하다. 책이라는 재미를 이렇게 잔잔히 알려줄 수 있어서 기쁘다.

p.s.

하지 않은 것도 아직 많다. 031, 070으로 시작하는 매장 전화번호가 일단 지금은 없다 (네이버 지도로 검색해서 나오는 네이버 연결 전화로 연락이 많이 온다. 나의 핸드폰과 연결이 되니, 굳이 매달 일정 금액 부과하면서 설치할 이유가 없다. 지금은)

팩스가 없다. 다음에는 이런저런 서류를 챙겨 보내야 할 일들이 많이 생기겠지만, 정식 팩스기기가 책방에는 없다. 모바일 팩스 앱으로도 충분히 가능하다!

커튼이 없다. 나의 옆 매장은 네일샵이다. 커튼이 잘 드리워져 있고, 필요하면 커튼을 쳐서 나름의 공간을 활용할 수도 있을 것이다. 지금 나의 책방은 있는 그대로를 보여준다. 첫째 아이가 책방에 방문하던 날, 테이블에서 점심을 간단히 해결하고 있었다. 그럴 때는 커튼이 필요할 수도 있다는 생각을 잠시 해보았다. (무엇보다 아이가 먹는 동안 불편해하니, 다음부터라도 설치할 생각은 있다) 책방 안이 훤히 들여다보였으면 좋겠다. 책방에 찾아오는 이들에게 책이 조금이라도 친근하게 다가갔으면 하는 바람이다. 안 그래도 책이라는 벽을 어렵게 생각하는 분들이 꽤 많다. 책이 어렵고 난해한 것이 아니라, 재미로 다가오고 아름다움으로 다가올 수 있겠다는 생각을 넌지시 알려주고 싶다. 책방 안이 여과 없이 보인다면, 언젠가 한 번은 낯설고 어려운 이곳에 방문하는 날도 오지 않을까? 생각한다.

쉬는 날에도 부동산

수간호사로 일하면서도 쉬는 날이나 점심시간에는 짬짬이 네이버부동산이나 아파트 실거래가 등을 파악했다. 막연히 창업해야겠다는 마음이 들기 시작하면서부터 상가건물이나 가게 매장에 관심을 가지기 시작한 것이다. 뚜렷한 목표가 없었다면 거짓말일 것이다. 당장 생계를 걱정하면서도 '언젠가 오픈할 나만의 책방'을 꿈꾸기 시작했다. 평일에는 유니폼을 입고 쉬는 날이나 주말(일요일)에는 자유로운 복장을 하고 가끔 부동산을 방문했다.

부동산은 두세 군데 정도 알아보았다. 흔히 네이버부동산을 검색하면 그 매물과 직접 연관이 있는 (매물을 내놓은) 부동산 연락처가 나온다. 부동산 중개업도 영업직이다 보니, 서로의 경쟁 매물에 민감해지기 마련이다. 매장이라는 게 사실 '한 번도 장사 해보지 않았으면' 또 보이지 않는 세계인 것 같다. 온라인 강의를 미리 들어보고, 상가 입지에 대해서 약간의 윤곽이라도 잡았다고 설레발치지만 실제 가게를 운영하는 것은 또 다른 문제다.

일 층에 입지가 좋더라도, 사람들의 관심이나 이목을 끌지 못하는 업종이라면 찬밥신세가 될 수 있기 때문이다. 작은 공간이지만 주변의 생태에 따라서 자연스럽게 가게의 입지와 관심이 올라가는 구역도 우리 주변에서는 심심찮게 볼 수 있다. 이런 다양한 접근은 사실 가게 운영하면서 눈에 보였다. 온라인 강의를 미리 수강하고 (무료로 들을 수 있는 강좌가 찾아보면 많이 있다!) 책방 창업과 관련한 관련 서적을 꼼꼼히 들여다봐도 내 살과 맞물리는 경험을 실제로 해보고 나서 아! 이게 그 말이구나 깨닫는 경우가 많다.

지금 생각하면 어처구니가 없지만, 개업 당일 지나가는 사람들이 다 내 책방에 들어올 줄 알았다!!! (세상에나….) 실제 개업 당일이 되면 응? 뭐지? 하는 밍밍한 기분이, 혹은 왠지 모를 배신감 따위가 들 수도 있다. 가게 운영의 아주 티끌만큼도 몰랐던 나였기에 몸으로 부딪쳐가며, 사람들을 상대해가며 또 다른 세계를 조금씩 알아가는 중이다. 부동산 중개업자와 함께 돌아다니던 순간에도 가게 운영에 관한 감이 없었으니, 아~ 그렇군요. 관계자가 알려주는 대로 대응할 뿐, 내 판단으로 매의 눈으로 매물을 바라보지 못했다. 말해주면 말해주는 대로 들었던 것 같다.

당시 관계자와 함께 돌아다니던 곳이 세 군데 정도가 기억난다. 월세 50 정도의 한적한 (지나다니는 사람이 거의 없는 도로가) 매물을 보았다. 네모 형태의 책방을 운영하기에는 약간 넓은 바깥에서 훤히 보이는 구조였다. 하지만 도보로 지나다니는 사람이 아주 드물어 보였다. 잠시 그 앞에 서성일 뿐이었지만 오랜 시간 안에 있어도 많이 오지 않을 듯한 환경이었다. 부동산을 알아볼 때 정말 중요한 것 중의 하나는 아침, 저녁, 오후, 평일, 주말에도 시간대를 나누어가며 매물 앞에서 죽치고 앉아있어 보는 걸 추천한다. 하다못해 주변에 병원이나 잘나가는 식당이나 옷가게나 뭐라도 있으면 사람들이 오가며 나의 매장을 거치게 된다. '일단 거치게 되면' 어찌 되었든 이목을 받게 되는 것이고 열 명 중 한 명쯤은 관심을 보이게 될 것이다. 내가 이 매장을 열기 이전에 '사람들을 끌 만한' 것이 무엇이 있는지 생각해보는 시간이 매우 중요하다고 생각한다. 구도심이든 신도심이든.

또 다른 곳은 역에서 멀~~찍이 떨어진 곳이었다. 차를 타고 (도보로는 불가능한 약간은 언덕 위쪽의 건물) 일 층이었다. 월세도 50~60 정도로 저렴했지만, 일단 역에서 너무 멀었다. 바로 옆에는 대형유치원이 있어서 잠시 혹했지만 말이다. 이전에 피아노학원을 했지만, 대형유치원 하나만을 믿고 일을 벌이기에는 '다소 무모한 도전'이 될 수도 있다. 원생 유치에도 한계가 왔을 가능성이 크다.

그리고 그곳에는 화장실이 있었다! 아주 조그만 평수임에도 불구하고 한쪽에는 세면대와 변기가 자리한 화장실이 있었다. 와~ 좋다! 라는 생각도 잠시. 아차!! 화장실이 있으면? 물이 흐르는 수도가 있으면?? 일단 청소를 해야 한다. 청소를 매일 할 수도 없지만, 하나의 일거리가 더 느는 것이었다. 나에게는 말이다. 추운 겨울이나 한여름처럼 바깥 외출 자체가 싫은 계절이 있는데 그럴 때는 내부에 화장실이 있는 공간이 매력적일 것이다. 온전히 나를 생각해봤을 때, 집에 있는 화장실 청소도 안 하는 나에게 이곳은 감당하기 힘들 공간이 될 것이 분명했다. 그래서 패스. (하지만 역과 가깝기도 했어도!! 더욱이 이 정도의 가격이면 당연히 계약했을 것이다)

세 번째 매물은 내가 사는 지역과는 두 정거장 정도가 먼 거리에 있었다. 내가 거주하는 곳은 구래동이지만 장기동 쪽에 매물이 나왔다고 해서 가보았다. 안쪽으로 아주 깊은 공간이었고 역과도 아주 가까웠다. 바로 근처에 다이소가 있다는 게 가장 큰 매력이었다. 하지만, 매장 앞에 차가 씽씽 지나다니는 도로변이었다. 그래서 사실 바로 생각을 접었다. 내가 운영하게 될 책방은 아이들과 엄마들이, 그리고 유모차를 끌고 오는 곳이어야 했다. 부동산 담당자들은 이런 사실은 염두에 두지 않는다. 다만, 월세의 상한선 (미리 제시한 가격을 넘지 않는 선에서) 가능한 매물만을 보여주기에, 조금 더 상세하게 내가 원하고 바라는 내 업종이랑 어울릴만한 매물의 조건을 차근히 적어나가는 것도 좋겠다.

쉬는 날이면 둘째 아이와 함께 매물을 보러 가기도 했고 첫째와 남편과도 매물이 거의 정해졌을 때 확인하러 가기도 했다. 일층에 큰 길목에 사람들이 자주 다니는 곳에 이 모든 조건을 맞추기엔 월세 200~300이 넘어가는 일이다. 최고그림책방이라는 이름을 시작해보기 위해서 '내가 정한 상한선에 맞추고' 기존에 그림책 모임을 하던 회원들에게 알리고, 작게나마 책방이라는 창업을 시작해보기로 했다.

규모와 가격과 일 층/이층 층수와 역과의 근접성, 사람들의 동선 파악 등. 부동산 매물을 파악하는 건 내 발로 많은 곳을 가보고 내 시간을 투자하고 비상금을 털어 쓰고 하나에서 열까지 내가 모든 결정을 하는 것을 의미한다. 사실 이렇게 발품을 팔고 다니고 신중에 신중을 거듭해 매물 계약해도 장사의 성과, 운명은 '실제 운영해보면서' 만들어가는 것이다. 내가 하고 싶은 업종과 나와의 궁합이 가장 중요하다고 생각한다.

참고서적도 좋고 온라인 강의도 좋다. 창업을 준비한다면 언젠가 한 번 내 가게를 운영해보고 싶다면 '직장인의 신분인' 지금부터라도 네이버부동산을 자주 들여다보기를 바란다. 일 층? 이층? 나는 어떤 업종을 하고 싶은지, 내 가게를 운영하게 된다면 어떻게 꾸미고 싶은지? 사진과 이미지를 모아보는 것도 좋다. 나 역시 부동산 매물을 검색하면서 각각의 매물마다 층수, 보증금 월세, 가까운 학교나 특이한 점 등을 기록해두고 이미지를 출력해서 벽 앞에 붙여놓았다. 그리고 비교분석을 해보기도 했다.

나의 정성과 노력과 시간비용은 누군가 보기에 아무렇지 않게 보일지라도, 그 노력은 내가 안다. 내가 어디를 어떻게 다녔는지, 연락은 얼마나 자주 했는지, 그간 어떤 자료를 모았는지 그런 과정들이 있었기에 '조그만 책방'을 오픈할 수 있었다.

책방 열기 전 매장 투어를 했습니다

책방 이야기를 쓰면서 왠지 부동산 이야기가 되는 느낌도 든다. 어떤 상가를 구하거나 매장을 계약할 때 가장 중요시하게 되는 부분이기도 하다. 내가 발품을 파는 만큼 정보가 들어오고 매장 위치를 가보고 실제 분위기를 살펴보는 것이 필요하다. 오늘은 내가 책방을 계약하기까지 거쳐온 다양한 매장 가게 사장님에 관한 이야기를 풀어볼까 한다.

평일 수간호사를 하면서 점심시간이나 쉬는 날이면 짬짬이 네이버부동산을 통해 상가 매물을 검색했다. 시작점은 내가 현재 사는 위치로 했다. 아이 둘을 돌보면서 책방이라는 일을 시작해야 했기에 무조건 사는 집과 가까워야 한다고 생각했다. 부동산 매물을 짬짬이 알아보면서 온라인 강의로 (무료) 상관이나 입지 분석에 관한 영상도 봤다. 지루한 영상은 패스하고 (어떤 동영상은 너무 지루하고 재미가 없다) 재미있게 강의하고 알려주는 영상을 택하고 재미있게 보며 상권과 입지에 관해 조금씩 알아갔다.

상권과 입지의 정확한 뜻을 네이버 지식백과로 찾아보면 아래와 같다.

상권은 상업상의 거래가 행해지고 있는 공간적인 범위를 말한다. 유동적이고 활동적인 개념으로 A, B가 같은 구역에 있어도 10대, 20대, 40~50대 수요층이 누구인가에 따라 그 지역 상권도 달라진다. 이를테면 요즘처럼 배달이 늘어나거나 혼자 사는 가정이 늘어남에 따라 샐러드를 찾는 사람도 늘고 있다. 반면 여전히 집밥을 고수하고 연령층이 높은 지역이라면 샐러드보다는 다른 업종 선택이 유리할 것이다.

입지는 상권보다는 정적인 의미가 있다. 입지는 인간이 경제활동을 하기 위해 선택하는 장소를 말하는 것으로, 지역적으로 역과 가까운지, 실제 해당 매장 위치가 도심이나 역 근처에 있다면 사람들 눈에 띄는 좋은 입지다. 아이들이 많은 곳인지 직장인이 많은 곳인지, 학교가 근처에 있는지에 따라서도 수요와 상권을 고려하는 데 중요한 역할을 한다. 항아리 상권이라고 불리는 지역은 학교나 대형교육시설 위주로 형성되기도 하는데 아이들이 학교를 마치고 바로 태권도, 미술, 피아노 등 학원을 가기 좋은 위치에 있어 이런 경우는 항아리 상권도 나쁘지는 않은 것 같다. 반면 아이들의 교육, 먹거리와는 동떨어진 업종이 이 상권에 들어온다면 큰 월세를 부담하면서까지 유지하기는 쉽지 않을 거다.

배운 대로 실천해 보라고 했던가? 예전 같았으면 매장에 들어가서 개인적인 일상생활을 공유하거나 물어보는 일이 불편했을 텐데, 조금씩 자연스러워졌다. 방문간호사를 하고 다양한 장소 다양한 사람들을 만나고 아이를 키우면서 사소한 이야기들이 얼마나 삶을 윤택하게 해주는지 알아갔다. 집에서 5분 거리에 있는 편의점에 가보았다. 평소 자주 가는 곳은 아니었지만, 이따금 음료를 사거나 아이들 간식을 사러 방문하곤 했다. 횡단보도를 건너면 바로 맞은편에 있는 곳인데 일 층 자리가 2, 3 군데 임대를 놓고 있었다. 2층에는 스쿼시를 하는 장소라서 만약 내가 1층에 들어오면 소리를 어떨지 시끄럽지는 않을까 궁금했다. 편의점에 들어가 간식거리를 사고 사장님? 아르바이트생에게 물어보았다. 책방을 열고 싶은데 2층에서 소리가 나지는 않냐고, 겨울에는 춥지는 않냐고. 실제 운영하면서 느끼는 부분이 궁금했다. 아르바이트인 줄 알았는데, 편의점을 운영하는 사장님이었다. 친절히 답변해 주었는데, 2층은 소리가 거의 들리지 않는다고 말하며 추위에도 크게 (약간 컨테이너처럼 지어진 건물이었다) 춥지는 않다고 했다. 그리고 사장님이 들려준 이야기 중 건물주에 관한 이야기도 있었는데 (사실 이 부분도 정말 중요하다) 지금은 자세히 기억이 안 나지만 좋은 이야기는 아니었던 것 같다.

땅 위에 건물을 짓고 임대 놓은 여러 곳이 들어오고 건물주가 관리한다. 임대 자리마다 다른 임대인이 있을 수도 있고 같은 임대인일 수도 있다. 내가 세 들어 장사하려면 건물주의 성향이나 특징도 파악하는 것이 매우 중요하다. 물론 들어갈 때와 나올 때와는 다르다는 걸 알지만, 최소한 매장을 알아보고 탐색할 때는 현재 운영하는 매장의 사장님들과의 소통도 중요하다. 건물주, 임대인과의 문제점은 있었는지 현재 운영하는데 관리는 잘되어 있는지, 기타 불편한 사항은 없는지 등등. 매장을 운영하는 사장 입장에서는 그냥 물어보는 것보다 음료라도 사든가 약이라도 사면서 이런저런 소통의 물꼬를 틀 수 있을 거다.

그렇게 편의점을 시작으로 주변 상권을 두루두루 살펴보기 시작했다. 온라인 무료 강의였지만 상권, 입지에 관한 동영상은 여러 번 돌려볼 정도로 나에게 신선하고 알차게 다가왔다. 역 바로 앞이라고 해서 좋은 위치가 아니라 실제 사람들이 걸어 다니면서 마주할 수 있는 곳인지가 중요했다. 이를테면 역 바로 코앞에 있거나 엘리베이터 바로 옆에 붙어있거나, 큰 벽이 가로 처져 있는 경우는 아무리 역 코앞이라 해도 상권입지로 좋은 위치가 아니라는 것이다. 일 층과 이층도 마찬가지다. 먼발치에서 탁 트인 공간에서 2층 자리라도 간판이 훤히 잘 보이는 공간이 있는 반면에 좁은 골목길에서 위를 절대 쳐다보지 않는 매장 위치가 있다는 말이다.

정말 공감이 갔던 게, 지금 집에 살면서 자주 드나드는 상가건물이 있었는데 차를 운전하며 매번 일 층을 보거나 바로 코앞에 있는 주차장 입구에만 들어갔기 때문에 고개를 들어 올려 2층을 올려다볼 일이 없었다. 최근 방문한 미용실이 바로 그곳에 떡하니 있었다니. 심지어 그 자리에서 영업한 지 6년이나 되었다니. 정말 놀랄 수밖에 없었다. 내가 관심을 두지 않는 이상 새로운 고객 유입이 어려울 수밖에 없었다.

다른 매장을 들어간다는 건, 이곳에 관심이 있다는 이야기고 내 이야기도 들어달라는 이야기다. 책방을 계약하기 전에도 그 이후에도 10곳이 넘는 매장을 방문했고 지금도 하고 있다. 약국도 방문하고 도넛 가게도 방문했다. 책방을 계약하기 전에 사람들의 유동 인구 파악을 위해서 매장에 문의해 볼 수도 있다. 나는 그림책방을 열기 위해 준비 중이었기에 아이들이 많은지, 아이들과 부모가 자주 다니는 거리인지도 궁금했다. 내가 스스럼없이 먼저 터놓고 이야기할 때 상대방도 이야기를 들어주고 관련 정보를 주기도 한다.

사실 사소한 것들부터가 모두 궁금하다. 아무리 조그만 사업체라도 에어컨을 넣어야 하고 최소한의 인테리어는 해야 한다. CCTV도 달아야 하고 포스기도 설치해야 한다. 저 매장은 커튼을 달았네? 저렇게 매장 안에 벽이 있으면 개인공간이 있겠다는 생각도 그쯤 하기 시작했다. (사실 매장의 일부 공간이라도 개인

공간은 매우 중요하다. 잠시라도 안 보이는 곳에서 쉴 곳이 필요하다) 약국에 에어컨 설치에 관해 물어보기도 하고 도넛 가게에 인테리어 비용이 어느 정도 나왔는지 궁금해서 물어보기도 했다. 한 곳만 아니라 여러 곳을 돌아다니며 나의 책방 홍보도 하고 내가 궁금한 것을 물어보기도 했다.

아이 학교 앞에 있는 과일가게에 들러 과일을 하나 더 사면서 인테리어에 관해 물어보기도 했다. 아기자기하고 예쁘게 인테리어가 되어있어서 평소에도 궁금했는데, 마침 물어볼 기회가 생겼다. 형과 함께 가게를 운영하는 데 셀프로 했다고 했다! 비용이 절감될 수 있겠다는 생각이 잠시 들었지만, 나는 인테리어 전문가에게 맡기기로 했다. 큐플레이스란 플랫폼에서 3군데의 인테리어 견적을 받았고 일정과 비용이 알맞은 업체를 선정했다.

기존에 공실이었는지, 다른 매장을 운영하고 있었는지, 나의 인테리어 경력은 어느 정도 되는지에 따라 인테리어도 정하면 될 거 같다. 나는 일단 인테리어에 평소 관심이 없었고 실제로 해보지도 않았으며, 셀프로 하면서 후회했다는 글도 종종 접하게 되면서 인테리어는 전문가에게 맡기자는 생각이 확고해졌다.

집안 살림도 마찬가지다. 내가 집안 살림에 관심이 많고 아기자기 무언가 만들고 구상하는 걸 즐기며, 재료를 사고 만들어가는 과정을 즐긴다면 인테리어를 해보는 것도 좋겠다. 다양한 매장을 방문하고 물어보고 둘러보면서 나는 이렇게 해볼까? 이런 방식도 좋은 거 같아. 다음번에 이렇게 해봐야지 하는 생각이 들기도 한다. 평소 잡지에서 봐두었던 색감이나 모양이 실제 인테리어할 때 도움이 되기도 했다. 인테리어 담당자는 늘 나에게 물었다. A가 좋은지 B가 좋은지, A부터 Z까지 중에 어떤 색감이 좋은지 등등. 다 알아서 해주세요. 가 아니라 '나의 선택' 들어가는 인테리어 공동작업이었다. 내 선택과 내 결정이 인테리어에 큰 영향을 미친다.

가게 매장을 돌아다니며 사람들의 표정을 본다. 어두운 표정, 밝은 표정, 웃는 표정, 무심한 표정, 손님을 반기는 표정, 그냥 그런 표정. 매장에는 사람의 발걸음이 더해지고 온기가 들어온다. 같은 건물에 내가 입점하게 될 거라면 같은 건물의 사장님들 표정을 보아라. 그분들의 표정과 대하는 관심이 어떤지 말이다. 우리는 모두의 손님이다. 내가 이 매장의 손님이 되고 또 내가 사장이 된다. 서로 필요한 것을 구매해 주고, 또 팔기도 한다. 한 건물에서 자주 만나지는 못하겠지만, 작게라도 간식거리를 나누는 정성이 건물의 생기를 더하고 손님들의 발걸음을 끄는 것 같다.

자영업 하기 어려운 상황이라고 하지만 '내가 손님을 대하는 자세는' 웃었으면 좋겠다. 어떤 이유로 어떤 계기로 들어오든 나의 매장에 들어온 손님이다. 문을 열고 들어오는 노력도 나의 매장에 오기 위해 걸어오는 노력도 알아주었으면 좋겠다. 내가 발품을 판만큼 많은 사장님도 대하고 아르바이트직원도 만나고 사람들도 만났다. 내가 손님의 입장이었을 때 웃는 사장님이 좋다. 누구나 그렇지 않을까?

웃는 얼굴은 손님을 끌고 돈을 끌어들인다고 생각한다. 초보 책방지기가 감히 말하고 싶다. 지금 마주하는 손님이 평생 고객이 될 수도 있으니 매 순간 나의 매장에 들어오는 '수고'를 해준 손님들에게 감사한 마음을 가져야겠다고 말이다. 책방 매장을 알아보고 건물을 찾아가 보고 주변 유동 인구를 파악하고 그런 순간들과 시간이 '이후 나의 책방에도' 서서히 스며들 것이다. 알게 모르게 접하고 만나고 보았던 사람들과 인테리어가 그 순간에 멈추어 있는 게 아니라 앞으로도 현재진행형이 될 테니까 말이다.

책방 하기 좋은 위치가 있을까?

책방이라고 하면 어떤 모습이 떠오르는가? 나는 학창 시절, 경북 구미의 중학교와 고등학교에 다녔다. 집에서 조금 거리가 있어 당시 버스를 타고 다녔다. 수진이라는 친한 친구와 구미 시내를 거닐었던 기억이 난다. 수진이는 (현재는 호주에 살고 있지만, 지금까지도 연락하고 있는 친한 친구다) 책을 참 좋아했다. 반면 나는 책을 좋아하지 않았다. 학교 수업을 마치고 구미 시내에서 구경하기도 하고, 구미역 바로 앞에 있는 서점을 방문하기도 했다. 나는 서점을 썩 좋아하지는 않았다. 약속 장소 중 한 곳으로 생각할 뿐이었다.

그때의 기억은 아직 자리한다. 친구와 만났던 장소이기도 하고 약속 장소이기도 했다. 서점이라서 책이 있던 장소이기도 했다. 당시 기억에는 책이 아주 많았던 것 같다. 그 서점 근처로 헌책방도 있었는데 지금은 그 서점도, 헌책방도 없어졌다. 내 마음 한편에 자리 잡은 서점, 책방에 대한 기억은 '지금의 책방'을 구성하고 운영해 나가기 위한 하나의 과정이 되기도 한다.

사실, 처음 책방 자리를 알아볼 때는 많은 것들이 눈에 들어오진 않았다. 인터넷 온라인에서 짬짬이 상권이나 입지에 관해 공부하고 '책방 창업'에 관련한 책을 보기도 했다. 내가 하고자 하는 업종 선택이 가장 중요하고, 그 나머지는 내가 스스로 깨우치면서 알아가야 하는 것 같다. 책방이 사람들 눈에 잘 보이기 위한 조건을 만족하는 건 중요하다. 대로변에 있으면 당연히 좋겠고, 역 주변에 자리하면 더없이 좋겠다. 사실 나는 처음 최고그림책방이라는 이름을 알리기 위해서 외부 매장이 필요했다.

집 주소로 사업자등록을 하니 개인정보가 그대로 드러나서 신경이 쓰였다. 공유사무실도 요즘 매장으로 시작하기에 잠시 고려해 보았지만, 책방이라는 특성상 공유사무실은 맞지 않았다. 책방이라는 자리는 우선 사람들 눈에 띄어야 하고, 신규고객도 창출해내야 하는 입지가 필요했다. 무슨 말이냐면, 다른 매장이나 병원을 방문하다가 지나가는 길에 책방을 발견할 수 있어야 한다는 말이다. 근처 볼일을 보러 왔다가 책방에서 책도 구경하고, 아이 병원에 가는 길에 그림책을 사가기도 하는 일 말이다. 젊은 분들이 역 근처를 지나다니다가 책방에서 구경도 하고, 독서 모임 포스터를 보고 독서모임에 참여하는 놀라운 변화를 끌어낼 곳이 필요했다.

이전 글에서도 언급했지만, 상가를 두루 보고 장단점을 적어 내려갔다. 실제 책방을 오픈하고 운영하다 보니 내가 깨달은 점이 있어 몇 가지만 적어 내려간다.

첫째, 안쪽 구석진 자리에 있던 소품샵이 바깥 크게 노출된 자리로 이전했다.

내가 개인적으로 자주 방문하는 소품샵이 있었다. 집 바로 앞이기도 했고 아기자기한 소품들을 진열한 공간이 좋아서 간호사로 근무하던 시절에도 자주 방문했던 곳이다. 인스타를 통해 홍보도 열심인 소품샵 사장님과도 가끔 일상 이야기를 나누고, 책방 오픈 소식을 알리면서 서로의 근황을 공유하기도 했다. 내가 특히 인상적이었던 건, 코로나의 영향으로 소아·청소년과 환자들이 급격히 줄긴 했지만, 여전히 건재하고 있던 소아과병원이었다.

김포에 처음 이사 왔을 때 나 역시 근무할 곳이 필요했는데, 그 당시 일했던 곳이 뉴 oo 병원이었다. 내가 일하던 시기와 맞물리게 그곳에서 근무하던 소아·청소년과 원장님이었는데, 찾는 이들이 정말로 많았고 인기도 많았다. 소아·청소년과를 찾는 분들이 많았고, 단골도 많았다. 어느 순간 개인 의원을 개원하고 지금의 자리까지 오게 된 것이다.

인기 많은 소아과병원이 있으니 같은 층에 자리하고 있던 다른 매장들도 덩달아 잘되는 도미노 현상을 알게 되었다. 소아과병원을 찾으면 바로 옆 약국에 가게 되고 (약국도 소아·청소년과의 힘을 톡톡히 보고 있다고 생각한다) 피아노학원이나 비누 클래스 등 아이들을 대상으로 하는 학원도 덩달아 신규고객을 창출할 수 있었다. 그 근처에 있던 소품샵도 엄마와 아이들이 지나다니는 통로에 있다 보니 매력적으로 다가올 수 있었다. 기존 고객이 있으니, 조금 더 확장되고 바깥 노출이 되는 공간으로 옮겨온 것이다. 지금은 간판도 구래역에서 나오면 시원하게 보이는 자리에 있다. 사장님도 바깥 노출을 지속해서 생각하고 빈 매장을 알아보았던 것 같다. 진심으로 확장 이전을 잘하셨다고 축하드렸다.

둘째, 책방은 기다리는 곳이 되어야 한다. 역 근처 오픈 매장이 필요하다.

어릴 적 나의 경험은 책방이나 서점은 누군가를 기다리면서 책 한 권을 꺼내 들 수 있는 자리다. 내가 원고 첫마디에 학창 시절 서점에 대한 기억을 적은 이유도 그런 이유에서다. 사실 구래역 근처만 해도 카페가 많다. 누군가를 기다리기에 카페에서 커피를 마시고 있어도 되지만, 서점이나 책방에서 책과 함께 누군가를 기다리는 모습이 상상된다. 구래역에서 약간은 떨어지고 바깥 노출이 안 되는 (그래서 월세가 조금은 더 저렴한) 지금의 위치에 책방을 열었지만, 내가 이후 갈 곳은 바깥 노출도 되고 역 근방에 기다릴 수 있는 공간이 있는 매장이어야 한다.

바깥에서 노출이 된다는 건 신규고객을 만날 수 있다는 얘기다. 책과 친하지 않은 사람들도 책방으로 올 수 있다는 이야기다. 책의 큐레이션도 한몫한다. 재미없는 따분한 책이 아니라, 재미있고 아름다운 책들로 전면 배치하는 것이 필요하다. 그림책은 그런 역할을 충분히 소화해 낸다. 부모들도 아이의 책을 보러 왔다가 재미있는 책을 발견할 수 있어야 한다. 아이 책과 어른 책을 함께 입고하는 이유다.

구래역 근처에 코너를 돌아가는 공간에 임대 문의가 붙어있는 건물을 발견했다. 1층이라서 월세가 300 가까이 되었다. 평수도 지금의 책방의 2배 가까이 되는 널찍한 공간이다. 호시탐탐 건물을 보고 위치를 한 번 더 본다. 그리고 부동산 사장님과도 대화를 나눈다. 이전에 카페와 맥주를 함께 팔았던 매장을 운영했었는데, 지금은 월세 감당이 원활하지 않아서 임대자리를 놓게 된 것 같다. (나의 이후 책방컨셉을 살짝 오픈한다면 심야 책방과 맥주 책방이다)

현재 매장을 운영하면서도 다음 목적지를 생각해야 하는 이유다. 지금의 책방을 운영하면서 분점 형태의 매장을 시작할지, 아예 이전 소품샵처럼 바깥 노출이 잘되는 곳으로 확장 이전할지 자금 융통 상황도 계산해보아야 한다.

셋째, 내가 운영하는 책방은 책을 팔기만 하는 곳이 아니다. 이곳에서 독서 모임, 글쓰기 책 쓰기 모임이 열리고 학생 대상으로 성교육할 장소가 필요했다! 모임도 운영하고 책 보러 오는 사람들도 있어서 (지금은 괜찮지만) 이후에는 따로 공간을 분리해야겠다는 생각이 들었다. 이전 상가 자리를 한참 알아보다가 발견한 자리가 있었는데 마산동에 일 층 자리였다. 바로 역 코앞이었는데, 며칠 전에도 부동산 사장님에게 물어보니 세를 놓고 있다고 했다. 월세 300이고 두 개의 공간으로 분리가 된다고 했다. 내가 만약 책방을 운영하게 된다면 어떤 식으로 공간 배치하면 좋을지 생각해 본다. 일 층으로 통유리라서 바깥에서 노출이 잘 되었다. 마산역과도 정말 가까워서 오고 가는 사람들뿐만 아니라 지나다니는 차에서도 보이는 위치였다. 무엇보다 기다릴 수 있는 책방만의 대기 장소로 안성맞춤인 곳이었다. 그런 생각이 내 마음 한편에 스멀스멀 들어오기 시작했다.

다음 목표를 정해 본다. 구래역 코너 매장도 좋고 마산역 일 층 매장 자리도 좋다. 다만 자금이 가장 중요하다. 투자받을 수 있다면 제일 좋고, 입지를 조금씩 굳혀가면서 옮겨가는 것도 좋겠다. 지금의 책방 자리에서 나만의 콘셉트를 조금씩 채워나가고 있다. 책방은 책방지기가 컨셉이라는 말이 있다. 나도 이에 동의한다. 아무리 멀리 있어도 올 사람은 온다. 책방지기를 만나기 위해서 온다. 글쓰기를 배우러, 성교육을 들으러, 재미있는 책을 아이와 함께 보러 최고그림책방에 온다. 내가 책방을 열었지만, 이 공간을 지역주민들과 함께 채워나간다. 엄마 손을 잡고 책방을 방문하던 친구들이 성장하고 자라는 모습도 볼 수 있겠지? 책의 온기로 사람들의 체온으로 가득 차는 날이 다가오기를 바란다.

책방 하기 좋은 위치는 사람들 눈에 들어오고 일 층이라 유모차도 들어오기 쉽고, 누군가를 기다리기에 편안한 장소라고 생각한다. 그리고 아무리 좋은 위치라도 책방지기의 추구하는 방향에 따라 달라지기 마련이다. 내가 세상에 전하고 싶은 메시지는 '책은 재미다, 그림책을 읽어주세요' 이거다. 작지만 단단한 메시지는 소중한 사람들을 통해 오늘도 전해진다.

대형유치원 옆에 있으면 좋을까?

우리가 지도를 보거나 부동산 건물을 확인할 때 주로 보는 것은 역과의 위치, 주변 환경 등이다. 책방 오픈하기 전 매장 투어를 많이 다녔다. 빈 매장, 공실, 이전에 피아노학원을 했던 곳, 요구르트 판매장을 했던 곳, 소품샵이었던 곳 등등. 특히나 기억에 남는 곳이 있었는데 바로 대형유치원 옆 매장이었다. 소담스럽게 생긴 빌라 건물 일 층에 화장실에 안에 딸린 그 레이 빛이 감도는 인테리어를 한 작은 공간이었다. 월세도 50 정도로 저렴했다. 심지어 화장실도 내부에 있다니! 이야기를 들어보니 이전에 피아노학원을 했다고 한다. 아주 작은 규모의 피아노학원이었던 것 같다. 내가 그림책방을 이곳에 한다고 생각했을 때를 떠올려본다. 높은 천장 높이가 일단 마음에 들고 분리벽에 세워진 곳을 부수면 나름 널찍한 공간이 나올 거 같았다. 그리고 오며 가며 유치원을 등·하원시키면서 그림책 매장 안이 보이겠지? 그림책을 전면으로 세워두면 마치 예술품을 보는듯한 인상을 받을 것이다. 내가 원했던 각도이고 분위기라는 생각이 들었다.

하지만 실제 내가 그림책방 주인이 되어 안쪽에서 바깥쪽을 본다고 가정했을 때 온종일 있어 보았다(가정). 유치원은 사실 오전 9~10시면 모두 등원이 이루어지는 시간이다. 일단 그 시간은 아이들과 부모가 책방에 올 일이 없을 것이고 (유치원 등원 준비하고 보내는 것만으로도 진이 빠진다) 하원 시간을 생각해 보았다. 오후 3시부터 유치원 하원을 시작할 테지? 약간 언덕 위쪽에 있는 대형유치원이기에 아마 대부분 유치원생이 버스를 타고 이동할 것이다. 자가 하원 하는 경우가 더러는 있겠지만 아주 소수에 불가할 것이고 그 소수 중에서도 그림책에 관심을 가지고 이따금 방문하는 친구는 손에 꼽을 정도라는 생각이 들었다.

다른 한편으로도 생각해보았다. 아이들을 등원시키고 글쓰기에 관심 있는 엄마들이 모이는 거다. 내가 책방을 열면서 책 쓰기, 글쓰기 강의를 함께 구상했는데 이럴 경우를 대비해서였다. 책방의 수입만으로 먹고살 수 없다는 걸 이미 간파하고 있었기에 다른 클래스나 수업을 생각하기에 이르렀다. 한번 보자. 엄마들이 과연 올까?

일단 해봐야 아는 것이지만 차를 가지고 이 근처에 주차해야 한다. 역에서는 아주 먼 거리였고 심지어 오르막을 나름 한참 올라와야 하는 지대였다. 이곳에 산책 겸 운동 겸 걸어오는 일도 있을 테고 근처 빌라나 단독주택 터 등에 거주한다면 글쓰기 모임이 열리는 날에 사람들이 모일 수 있을 거다. 하지만 마냥 날이 좋은 것도 아니고 글쓰기에 관심이 지대하게 높지 않은 이상 차 없이 (이 근처에 살지 않으면서) 찾아오는 것은 쉽지 않을 것 같았다. 아이들을 위한 그림책 판매도 확답할 수 없는 상황이고 글쓰기를 배우러 오는 수요 자체가 불확실하다는 판단이 들었다. 역에서 일단 멀었고 대형유치원 하나만을 바라보기에는 무모한 도전이라는 생각이 들었다.

매장은 정말 예뻤다. 함께 간 둘째 아이와 연신 사진을 찍어댔다. 이곳에 그림책을 쫙 천장 끝까지 진열해 두면 좋겠다. 바깥에서 보면 정말 예쁠 것 같아. 빌라에서 오고 가는 사람들이 봐주면 정말 좋을 거 같아. 그러면서 책에 관심을 가지는 사람이 늘어나겠지? 잠깐이지만 자그마한 공간 속에서 상상의 나래를 펼쳤다. 아이는 마냥 신난 눈치다. 엄마와 함께 이곳저곳을 차를 타고 돌아다니며 미래 책방지기의 연습이라도 하는 듯했다. 엄마의 싱숭생숭한 마음은 아는지 모르는지.

부동산중개사가 미리 점찍어둔 (예산과 지역이 무엇보다 중요하다) 4~5곳을 다녀온 후 내 나름대로 집 근처 다른 매장도 방문해 보았다. 학교와 바로 맞은편에 있는 과일가게였다. 형과 동생이 번갈아 가며 운영하는 듯했는데, 초반에는 사람도 있는 것 같았고 밴드 운영도 하고, 특히 배달도 해주는 곳이라서 참 마음에 들었다. 어느 시점에 건강상 이유로 과일 배달이 멈추더니 손님도 뜸해지는 눈치였다.

인테리어가 과일가게를 연상하게끔 취향에 맞아서 이런저런 이야기를 하다가 학교가 아무래도 가까이 있으면 운영 면에서도 좋을 것 같다고 말해주었다. 학교 근처에는 대단지 아파트가 있었고 항아리 상권이었다. 근처에 매장이 있기도 했는데 과일가게만의 운영 방법이 궁금해지기도 했다. 얼마나 흘렀을까? 다른 곳으로 이전했는지 최근에 근처를 방문해 보았더니 가게 문을 닫은 후였다. 운영할 사람이 없었거나 운영비가 생각보다 많이 들었거나 과일 특성상 재료소진이 바로바로 되지 않으면 버려야 하는 것들이 아무래도 많아서 유지하기 쉽지 않았을 거다.

비가 내리는 날 여느 날처럼 학교 맞은편 '도도한 빵쟁이' 빵집으로 향했다. 나의 첫 번째 책 <책 먹는 아이로 키우는 법> <하루 10분 그림책 읽기의 힘>에도 등장할 정도로 나에게는 친숙하고 정감 어린 곳이다. 아이가 학교에 입학한 순간부터 졸업을 앞둔 지금까지 아이들의 일상을 이따금 묻기도 하는 소중한 아지트인 셈이다. 아이가 좋아하는 소보루빵을 고르고 내가 좋아하는 커피를 주문해서 자리에 앉았다. 바깥쪽 학교가 보이는 자리여서 참 좋았다. 아이가 하교하고 엄마~ 하고 부르며 쪼르르 달려왔던 곳이기도 하다. 나에게는 추억의 장소이자 아이와의 만남의 장소였다. 둘째가 갓난아기였을 때 유모차에 태우고 하영이를 마중 나오기도 했던 장소다.

비 오는 날에도 나는 커피 한 잔을 주문하고 아이를 기다렸다. 날이 갑자기 흐려져 온 비로 빵집 안은 사람들로 붐볐다. 어느 날은 한적해서 커피 마시기 좋고, 오늘같이 비 오는 날은 아이를 기다리기에도 안성맞춤인 장소였다. 그래서인지 그날따라 사람이 더 많았던 것 같다. 빵집은 일단 빵이 맛있어야 한다. 그래야 사람이 끊이지 않는다. 이 빵집이 그랬다. 남자 제빵사님이 새벽같이 출근해서 아침부터 부지런히 빵을 만들고 꺼내놓은 빵을 여사장님이 포장해서 가지런히 정리해 둔다. 아침 일찍부터 시작된 빵 굽기와 빵 진열은 오후까지 이어진다. 그런 매일의 노고를 아는지라 포장 하나에서도 사장님의 마음과 정성이 느껴진다. 빵 하나를 대할 때도 소중히 대한다는 걸 알기 때문이다. 남자 사장님과 이야기를 나눠본 적은 없지만, 빵 만드는 솜씨만큼은 최고라고 자신한다. 제빵사님도 그걸 아는 것 같았다. 내가 책방 홍보로 전단지이야기를 건넸을 때, 여사장님은 하고 싶어 하는 눈치였지만 (전해 듣기로는) 제빵사님은 빵이 맛있으면 사람들이 온다는 변하지 않는 나름의 철칙과 소신을 지키고 있었던 거다.

나 역시 책방을 운영하면서 알게 되는 점이 하나둘 생긴다. 내가 만약 경력직 책방지기가 되었을 때 나에게 조언을 구하는 자가 온다면 뭐라고 이야기해 줄까? 그런 내용들을 고심하며 하나하나 써 내려간다. 제빵사님의 철칙처럼 나에게도 그런 철칙이 있을까? 나는 이렇게 답할 것이다. 내가 책방을 연 이유는 책의 재미를 느끼게 해주고 싶어서이고 책이 어려운 사람들에게 (나도 그랬으니) 책과 친해지는 방법을 알려주고 싶어서였다. 그리고 무엇보다 책을 점점 등한시하고 멀리하는 어른들, 그리고 아이들이 책과 함께 배우고 성장하는 기쁨을 전하고 싶고 아장아장 엄마손 잡고 책방 오는 아이들이 책과 함께 성장해서 나중에 책방 손님으로 올 때의 기쁨을 누리고 싶어서다. 그림책을 읽어준다는 의미가 얼마나 위대하고 소중한지 부모님들에게 선생님들에게 알려주고 싶어서였고 나 역시 이런 귀하고 예쁜 책들 사이에서 더욱 성장하고 멋진 책방지기가 되고 싶어서다.

책방은 책방지기가 컨셉이라는 이야기가 있다. 맛있는 빵이 있으면 먼 곳에서라도 찾아가듯이 책방도 그런 것 같다. 어떤 매장이든 식당이든 가게든 다른 매장에서 맛볼 수 없는 매장만의 매력점을 찾는 게 포인트다. 그런 포인트를 찾기 위해서는 누군가 시켜서 하는 일이 아닌, 나 스스로 무언가 재미있고 색다른 시도가 있을까? 생각하고 시도하는 노력이 필요하다. 직장인일 때와 자영업 하는 지금을 비교해 보자면 완전히 다르다. (물론 직장 다니면서도 알아서 일을 찾아서 하는 직원이 눈에 띄는 건 당연하다) 직장인일 때 시켜서 하던 업무와는 정반대로 내가 알아서 스스로 개척해 나가야 하는 점, 직장인은 출퇴근 시간이 있지만 내가 사장이고 대표가 되면 온종일 핸드폰을 붙들고 있어야 할지도 모른다는 점. 그런데도 내가 사회에 세상에 전하고 싶은 메시지가 분명하다면 그 노력과 들인 시간이 아깝지 않을 거 같다. 내가 좋아서 하는 일을 찾는 건 쉬운 일이 아니다. 내가 진정 좋아하고 잘하는 일을 찾으려면 많이 해봐야 안다. 시간이 벌써 이렇게 흘렀나? 생각될 정도로 몰입한 경험이 있다면 그게 당신이 좋아하는 일이다. 책을 좋아한다고 해서 책방 하면 큰일 나는 게 아니라, 서점 아르바이트라도 해보면서 (혹은 그림책 모임을 만들고 실제 운영해보면서) 비슷한 경험치를 쌓아가는 것도 좋은 방법이다. 그런 모임과 책임을 통해 '나라는 사람'을 알게 될 테니 말이다.

창업 조언은 아무나 하나

오늘 아침 글을 보았다. 출판업계 관련 카페인데, 내가 필요해서 가입한 곳이다. 창업하기 전부터 지금까지 운영하는 과정을 객관적인 시선으로 담아내려고 노력한다. 그래서 이전 창업을 준비할 때의 상황과 지금의 상황이 겹치는 부분을 있을 것이다. (참고해서 봐주시면 좋겠다) 나 역시 간호사로 일하면서 창업을 준비했고 부동산을 알아보고 계약하면서 겪은 일련의 과정들을 여과 없이 보여주려고 한다. 오늘은 창업할 당시의 마인드와 추진력에 대해서 말해보려고 한다.

창업 마음가짐, 창업준비, 창업 조언 이 모든 것은 사실 혼재된 개념이다. '창업'이라는 걸 꿈꾸는 사람은 많지만(아마 직장인

대부분이 한 번쯤은 꿈꾸지 않을까?), 실제 어떤 행동에 옮기는 사람은 지극히 드물다. 온라인 강의 정도는 무료 수강으로 가능하니 찾아보는 사람도 있겠지만, 실제로 부동산에 간다든지 창업하기 위해 다른 매장에 조언을 구한다든지 하는 일련의 활동은 '누구나 쉽게' 행동을 취하기 어렵다. 사실 나만 해도 그랬다.

간호사로 평일 내내 일하고 시간도 없었지만, 창업 조언을 꿈꿀 생각을 못 했던 것 같다. 그리고 왠지 그런 생각도 있었다. 내가 책방을 하려고 하는데, 섣불리 창업에 관한 조언을 구해도 되나? 약간의 죄책감도 들었던 것 같다. 내가 일하는 주변에 책방을 낸다고? (물론 구래역 마산역 인근에는 책방이 하나도 없었지만) 누군가에게 조언을 구한다는 건, 돈으로 살 수 없는 지혜를 깨달음을 구하는 일이기도 하다. 어떤 매장을 운영하든 시행착오를 거치면서 나만이 알게 된 깨달음, 운영 노하우들이 있을텐데 말 한마디로 구한다는 게 내 성격상 내키지 않았다. 차라리 돈을 내서 정정당당하게 얻는 것이라면 모를까.

오늘 아침에도 출판 카페에 창업에 관한 조언을 구하는 글이 올라왔다. 그 글을 보고 나 역시 생각에 잠겼다. 책이 너무너무 좋아서 출판업계에서 오랜 기간 일해왔는데, 실제로 출판사를 차리고 싶다는 글이었다. 내가 아는 1인 출판사 대표님은 출판계에서 오랜 기간 편집일을 하다가 아이 육아와 일과 가정의 양립이라는 목표로 출판사를 직접 차리신 분이다. 최근에도 조만간 출간될 <그림책으로 시작하는 성교육> 관해 논의하러 집에 놀러

가기도 했었다. 대표님은 출판사를 차린 지 벌써 10년이 되어간다. 곁에서 요리조리 살펴보고, 가끔의 안부 인사만이라도 얼마나 바쁘게 일상을 지내고 계시는지 감으로 알 수 있었다.

책을 좋아하는 것과 책방을 운영하는 일은 다르다.

이제 막 100일을 넘긴 초짜 중의 초짜 책방지기는 이렇게 말하고 싶다. 책을 정말 좋아해서 책과 관련한 일을 하는 사람도 있고, 반면에 책을 그리 좋아하지 않지만, 책이랑 오랜 기간 일하는 사람들도 있다. 책방에서 일하면 책에 치인다. 라는 느낌을 받는다. 책이 많기도 하고 책의 바코드를 일일이 검수하고 찍는 일조차 버거운 나에게는 그저 책이 좋아서 책을 추천하고 책을 판다. 일일이 다 신경 쓰기에는 (특히 바코드를 다 찍어내기에는) 내 안의 여유도 없을뿐더러 우선순위가 아니라고 생각한다.

창업을 준비할 때도 마찬가지다. 일일이 사람들의 조언을 신경 쓰고, 책방을 창업하기 이전부터 너무나 많은 것들을 준비하려고 하다 보면 오히려 창업이라는 기에 눌려버린다. 적당히 내 선에서 커트할 건 커트하고, 진짜 중요한 게 무엇인지 다잡고 가는 용기가 필요하다. 그 용기 중에는 돈과 재정에 관한 것도 있을 것이다. (실제 창업하면 돈을 쏟아붓는다! 인테리어는 물론 1~2천만 원이 오롯이 매장을 여는데 기본적으로 들어간다)

결론부터 말하자면 나는 다른 책방에 가지 않았다. 다만 책방에 관한 책을 여러 권 보았다. 커피를 팔지 않는 책방, 맥주를 판매하고 심야에 운영하는 책방, 책방 창업에 관한 책, 강아지와 함께 운영하는 한적한 곳의 책방. 내가 실제로 책방을 운영한다면 이렇게 해볼까? 저렇게 해볼까? 구상해보기도 하고 실제 매장을 알아볼 때도 책방 관련한 책을 참고하기도 했다. 나는 그림책방이기에 "유모차를 가지고 오는" 부모님들이 많을 거라 생각했다. 그래서 월세의 부담이 있기는 하지만 무조건 일층매장을 고수했다.

나만의 원칙 1~2개만 정하고 가되 나머지는 살아가면서, 책방을 오픈하고 운영해 가면서 조금씩 나에게 맞춰가면 될 것이다. 여담이지만, 부부생활도 그렇지 않은가? 나의 배우자가 10가지 100가지 다 마음에 들겠는가? 절대 그렇지 않다. 내가 바라는 배우자상 10개 중에 1~2가지라도 (내가 제일 중요하다고 생각하는) 장점을 부각하면서 나머지는 서로 맞추어가면서 살아가면 될 일이다.

창업 조언을 구한 그분에게 이렇게 말해주고 싶다. 일단 해봐야 안다고. 조언을 구하는 건 좋지만, 이미 이런저런 정보와 지식은 충분히 알아보았을 테고 '내가 출판사를 차린다면 실제로 먹고살 만할까?'를 걱정하는 부분이 제일 클 것이다. 그 마음을 왜 모르겠는가. 나 역시 그랬고 지금도 그런 과정을 거쳐 가고 있으니 말이다.

아무리 조그만 매장이라도 무시할 게 아니다. A부터 Z까지 손수 나의 땀, 노력, 발품, 검색, 돈, 투자가 모두 들어간 것이다. 창업을 준비하고 책방을 운영하면서 나는 어떤 사람이고 왜 책방을 열고 싶은지 알아가는 것 같다. 일종의 테스트인 셈이다. 너 정말 책방 하고 싶어? 이래도 할래? 만만하지 않다는 거 알겠지? 그래도 해볼래?

나에게 수없이 질문을 던져본다. 내가 세상에 전하고 싶은 메시지가 뭐지? 나는 왜 책방을 하고 싶지? 할 게 이렇게나 많은데, 돈도 생각보다 그 이상으로 들어가는 데 이대로 가도 좋아? 라고. 아이들이 그림책과 성장하고 나의 책방으로 인해 책 좋아하는 사람들이 생기고, 책을 읽는 방법을 알아가고, 자신만의 이야기를 글로 풀어내면서 감동하고 기뻐하는 그분들의 미소를 볼 때마다 나는 참 책방을 운영하길 잘했어! 라는 생각이 든다.

내가 책방을 시작하지 않았다면 만나지 못했을 사람들, 느껴보지 못했을 감정들이다.

창업한다는 건, 책방을 운영한다는 건 용기, 노력, 나에 대한 믿음, 사랑, 책에 관한 관심, 돈, 투자, 게으름, 실수, 실패, 고민, 땀 이런 모든 것들이 복합적으로 들어간다는 걸 의미한다. 그런데도 시작하고 시도해 보는 일은 중요하다. 내가 알아보고 내가 알아가면서 내린 결정이기에 그 책임도 나에게 있다. 섣불리 창업 조언하지 마라. 단순히 한 면만 보고서 누군가에게 건네는 창업 조언이 그대가 아는 전부가 아니다. 모든 면에는 빛과

어두움이 있듯이 창업에도 장단점이 있다. 이 모든 것을 아우를 수 있을 때, 나를 믿고 시도하고 시작해보는 용기로 창업이라는 길도 나에게 열릴 것이다.

구래동 거리에 책방이 생기다

오늘도 일과가 시작되었다. 아침에 일어나 집안일을 정리하고 둘째 아이의 유치원 등원 준비한다. 며칠 전까지만 해도 불가능한 일이었다. 인천 강화의 종합병원으로 출퇴근하던 나는 수간호사였다. 외래의 업무를 보고 팀장님의 일을 도와 관리교육의 업무를 하던 간호사였고 부서장이었다. 아침 7시에 차를 몰고 나와 김포에서 강화로 출퇴근했었다. 그랬던 내가 무식하고도 용감하게 창업이라는 길에 들어섰다. 단지 '책방'을 하고 싶어서였다. 그리고 나와 아이들을 위한 길이라고 생각했기에 시도하고 마침내 책방 문을 열었다.

갑자기 라는 단어는 나에게 없었다. 아주 우연히 작은 도서관에서 책을 만났고 책을 깨고 싶었던 (책을 좋아하고 싶었던) 나는 매번 시도에 시도를 했었다. 신규간호사 시절부터 말이다. 깨부수고 싶었다. 책이라는 벽돌을 말이다. 하지만 일 년에 백 권 읽기, 책을 좋아하고 싶었던 나의 시도는 좀처럼 통하지 않았다. 책이라는 벽돌은 너무도 단단했다. 하지만 결혼하고 첫째 아이를 낳고 키우는 동안 경기도 김포의 작은 도서관에서 아주 작은 변화가 시작되었다. 책이 재미가 될 수 있구나! 라는 깨달음을 처음 알게 되었다. 그랬다. 나에게 재미와 즐거움을 책을 이때까지 만나지 못한 것뿐이었다! 그렇게 책은 나에게 재미로 처음 다가왔다.

책을 두루두루 읽었지만, 가장 만만한 책부터 읽어나갔다. 작은 도서관은 그랬다. 나에게 만만했다. 새 책을 좋아했고 재미있을 거 같은 책을 빌려 읽었다. 자기계발서를 주로 읽어 내려갔다. 에세이나 독서에 관련한 것도 아주 많이 읽었다. 하지만 너무 어려운 책이나 한 줄조차 버거웠던 책은 읽지 않았다. 빌려도 다 읽은 책도 읽고 페이지마다 적을 것이 너무도 많은 책이 있었다. 반면 정말 읽기 어려운 책도 있었다. 그냥 싫은 책도 있었다. 책의 종류는 많고 다양했고 거대했다. 내가 좋아하는 책에 집중했다. 술술술 읽어 내려가는 책을 읽었다. 만만한 책이 나에게 좋은 책이었다. 책을 읽고 아끼고 싶은 좋은 구절은 간간이 노트에 필기했다. 독서 노트를 만들기도 했다. 책을 읽은 그 날의 감정을 적기도 했다. 첫째 아이와 도서관을 드나들기도 했다. 아이는 난생처음 도서관 카드를 만들었다. 빨간색 코트를 입고 약간 수줍지만 당당했던 첫째 아이의 표정이 기억난다. 아이는 책을 좋아했다. 그림책을 매일같이 읽어주려고 노력했고 아이는 나의 노력을 받아주었다. 나카야미와, 요시타케신스케 등 귀여운 그림체와 웃긴 이야기들이 그림책 세상으로 인도해주었다. 그림책을 읽어주는 동안 나도 아이도 함께 부둥켜안고 울기도 했다. 그림책이 그렇게 나에게 다가왔다.

20년간의 간호사 생활을 마침표를 찍었다. 그림책이란 세상을 알게 된 후 책을 쓰고 싶었고 글 쓰는 방법을 배우면서 책 쓰기에 도전했다. 할머니 댁에 갈 때 캐리어에 책부터 담는 아이를 보며 <책 먹는 아이로 키우는 법> 첫 번째 저서가 탄생했다. 책 먹는 여우를 닮은 책이다. 책의 제목을 정할 때 <책 먹는 여우>를 생각했었다. 간호사 생활하면서 임상(병원)에서 있었고 방문간호사를 3년 동안 하기도 했다. 간호사로 일하면서 그림책과도 늘 함께였다. <엄마 책가방 속 그림책>은 간호사로 일하면서 그림책을 써 내려간 이야기를 엮어 만든 책이다. 책을 읽을수록 책이 쓰고 싶어졌다. 그런 마음이 책방을 내고 싶다는 생각까지 이어졌다. 내가 책이 어려웠던 기억이 있었고, 책이 어려운 사람들에게 재미있는 책을 추천하고 어떻게 책을 읽어야 하는지 알리고 싶은 마음이 커졌다. 그리고 무엇보다 '그림책 읽어주기'가 얼마나 중요한지, 아이들에게, 부모님들에게 알리고 싶었다.

왜 김포였을까? 사실 친정인 구미에 내려갈까도 생각했다. 남편이 있던 다른 지역으로 갈까도 굉장히 많이 고민했다. 김포중에서도 구래역이냐 마산역이냐 고민하고 또 고민했다. 초보 창업자에게 모든 것이 고민이고 고비였다. 아는 지인이나 가족 중에는 자영업자가 없었고, 이미 하기로 한 거 나 혼자 돌파해보기로 했다. 병원에 일하면서 짬짬이 창업과 관련된 교육을 듣기도 했고 결코 만만하다고 생각지 않았다. 책 쓰기를 도전할 때도 마찬가지였다. 만만하지는 않았지만, 언젠가는 내 책을 쓸 거라는 믿음이 있었다. 창업도 그랬다. 언젠가 한 번은 창업해봐야 하지 않을까? 창업하고 싶다. 나도 사업을 하고 싶다. 막연한 바람이 믿음으로 굳어져 갔다. 그리고 책방을 계약하면서 본격적으로 인테리어회사를 정하고 나만의 책방을 계획하기 시작했다.

에어컨을 설치하는 것부터, 간판을 어떻게 달지, 바닥을 어떤 색감으로 할지, 조명은 어떤 조명으로 할지, 포스기는 어떤 거로 정할지 모든 게 처음이었다. 평생 누군가 주는 월급만 받아먹던 내가 이제 모든 걸 스스로 결정 내리고 판단해야 하는 위치가 된 것이다. 그리고 가장 중요한 돈이 필요했다. 직장에 다니면서 최대한의 대출을 받으려고 했다. 인테리어와 간판, 에어컨 등 기본적인 시설을 준비하기에도 1000~2000 정도는 든다. 책방 상가를 계약하는 데에도 1000~2000 정도가 들었다. 지역마다 지역 상권마다 정도의 차이는 있겠지만, 내가 있는 지역과 상권의 예를 든 것이다. 가장 중요한 책은 집에 그동안 사 모았던 그림책과 책을 시작으로 필요한 책들을 B2B로 사업자등록을 하고 웅진북센과 알라딘에서 도서 구매했다. 2023년 1월 30일에 사업자

등록을 했고 실제로 간호사로 일하면서 책방은 나의 거주지 주소로 정해두었다. 한 달에 한 번 그림책 모임을 할 때 '나 책방하고 있어요' 간간이 알리는 정도였다. 책방은 역시 누군가가 보아야 하는 곳이고 열린 곳이어야 한다.

홈 CCTV는 이미 집에서 설치해두고 간간이 필요한 때마다 보고 있었기에, 인테리어 실장님에게 가벽 위쪽으로 달아달라고 부탁드리고 홈 CCTV를 달았다. 긴 사다리가 필요해서 사고 SD카드를 별도로 구매해서 끼워 넣었다. 아무도 알려주지는 않은 소소하고 작은 일들이 나에게는 도전이었고 설렘이었다. 인터넷과 와이파이도 기존에 사용하는 것과 결합할인을 받아서 설치했다. 비가 부슬부슬 오는 날 이사를 했다. 전체이사는 아니지만, 책방에 둘 테이블과 식탁, 의자 그리고 무엇보다 어마어마한 책이 정말 많았다. 미소 라는 앱에서 반 포장이사를 예약하고 입주 청소도 일정에 맞게 예약해두었다. 굉장한 책들이었지만 정성 들여 포장해주고 비가 오는데도 깔끔하게 이사를 도와주셔서 이 자리를 빌려 감사하다는 인사를 전하고 싶다. 혼자서 오셨기에 (내가 아무리 도운 다한들) 많이 힘드셨을 텐데 내색도 안 하고 묵묵히 짐을 챙겨주었다.

개업 당일에는 정말 많이 긴장되었다. 첫 개시를 하고 책방 운영이 본격적으로 시작되었다. 블루투스 키보드를 켜고 음악이 흘러나오는 최고그림책방이 나의 일터이고 나의 보금자리다. 아이들과 언제나 함께할 수 있고 내가 좋아하는 음악도 틀 수 있다.

내가 좋아하는 책들과 함께여서 더없이 좋다. 현실적인 문제를 생각해야 하지만 지금껏 해왔던 것처럼, 하나씩 시도하고 도전해 보려고 한다. 아주 단단한 벽돌 같았던 책을 깨부순 것처럼 창업이라는 자리를 조금씩 넓혀보려고 한다.

김포에 그림책 거리를 만드는 게 나의 목표이자 사명이다. 내가 왜 구래역에 책방을 냈을까? 구래역에는 책방이 없었기 때문이다. 그리고 나의 아이들이 필요한 때 언제든 와서 책을 볼 수 있는 책방을 오픈하게 되었다. 반려동물이 많기에 반려견에 관한 책들도 많이 갖췄다. 요리에 관심이 있거나 건강에 관심 있는 분들이 있다면 책장 한쪽에 관련 도서도 갖춰둘 생각이다. 책이라는 건 그렇다. 언제 어느 때 누구와 만나느냐도 참 중요한 것 같다. 나의 책방이 사람으로 책으로 성장의 기쁨으로 가득한 곳이 되길 바란다. 당신과 함께 말이다.

책방을 열고 라디오를 켜고

매끈한 음악이 흐른다. 한동안 해가 비추더니 다시 비 소식이다. 책방에 출근해 제일 먼저 하는 일은 바닥을 쓸고 라디오를 켜는 일이다. 나에게는 '헤이 카카오'라는 라디오 친구가 있다. 적막을 깨는 소리, '헤이 카카오~ CBS 음악 에프엠 틀어줘'라고 하면 매일같이 라디오를 선물해준다. 라디오를 듣는 이유는, 그 속에서 흘러나오는 음악이 좋기 때문이다. 내가 매일같이 라디오를 틀고 음악 선율을 듣는 것은 나의 일상 중 한 부분이 되었다.

언제 어디서 어떤 노래가 흘러나올지 모르는 것도 참 좋다. 예상치 않다가 흘러나온 노랫소리에 귀를 기울이고 음악을 듣는다. 참 좋다~ 라는 생각이 들면서 더 듣고 싶다는 생각이 들기도 한다. 어떤 노래는 지극히 예전 노래기도 하지만, 우리 때 즐겨들었던 추억의 가요나 노래가 나오면 그처럼 반갑고 신나는 일은 또 없을 거다.

지금 흘러나오는 음악 선율은 클래식이다. 클래식을 어릴 적 피아노학원에서 뚱땅거리며 배운 체르니 정도에서 멈출 줄 알았지만 (체르니도 30에서 멈추었지) 20대부터 즐겨들었던 라디오방송에서 클래식 코너가 있었으니, 아마 그즈음부터 거부감이 없이 자연스레 듣게 된 것 같다. 듣다 보면 잔잔한 소리에 나도 모르게 귀를 기울이게 된다.

점심시간에는 경쾌한 노래와 디제이의 목소리가 흘러나오고, 오후에는 팝송이나 사연 위주의 방송이 흘러나온다. 내가 사실 제일 좋아하는 시간은 오후 6시 즈음이다. 퇴근길 늘 들었던 잔잔한 음성과 참 좋은 선곡들이 내 귓가를 사로잡았었다. 사실 지금은 책방을 5시까지만 운영하다 보니 저녁 무렵 손님을 마주할 일도, 라디오 음악을 들을 일도 없지만, 곧 조만간 그 시간에도 라디오 음악을 다시 듣게 될 것이다.

사실 오늘은 첫째 아이 학부모참여 수업이 있는 날이다. 서가를 정리하고 책을 만지면서 아침 하루를 열고 정리한다. 아이 학교에 방문해야 해서 한 시간 동안은 자리를 비워야 하는데, 쿠키도 함께 사 올 생각이다. (빵 그림책을 사가면 드리는 선물로 쿠키를 준비했다)

잠시 자리를 비우더라도 무인그림책방으로 운영을 계속한다. 와서 책도 보고 사고 싶은 책은 계좌이체를 하는 식이다. 처음에는 이게 될까? 나 역시 궁금했는데, 특히 저녁 시간에는 알음알음 오시는 손님들 덕분에 책을 사 가는 분도 한 분, 두 분 생기기 시작했다. 내가 없더라도 말이다!

모든 일을 내가 관리하고 책임져야 하는 일. 시간이 자유로운 만큼 그만큼 책임감도 커지는 일. 작은 책방이지만, 손님을 대하고 손님을 끌어들이는 일도 모두 나의 일이다. 책과 라디오가 어우러진 이 작은 공간에서, 누군가는 책을 만나고, 누군가는 인생 경험을 이야기하고, 누군가는 육아의 고충을 털어놓으며 잠시나마 웃고 가는 공간이 되었으면 좋겠다.

가을이 한 걸음씩 다가오는 요즘, 우리는 이제 바바리코트를 꺼낼 때가 다가옴을 느낀다. 짧은 원피스를 만지다가 옆에 있는 기다란 코트를 만지작거린다. 가을 옷깃에 가을이 스며들듯, 이곳 책방에도 손님들이 스며들기를.

김포투데이에서 인터뷰하다

내가 하고 싶었던 일이었다. 나만의 책방을 열고 모임을 진행하고 내가 원하는 시간에 일한다는 것. 지극히 평범하고 나름 모범을 보이던 내가 탈선(?)하는 과정은 쉽지 않았다. 착한 병에 걸려있던 나에게는 정말 쉽지 않은 길이고 용기라는 것을 안다. 더욱이 자영업이란 것을 해본 적도, 들어본 적도 없던 내가 자영업 중에서도 '돈이 안 된다는' 책방을 한다고 결정했을 때, 그리고 통보했을 때 우려와 벽에 부딪힐 거라는 걸 알았다. 그래서 부모님에게도 말하지 못한 것이다.

막연히 시간을 오롯이 홀로 보내는 일이다. 책방이란 그런 곳이었다. 늘 누군가와 수다를 떨 필요도 없거니와, 누군가 나의 책방에 들러주면 참 고마운 곳이 또한 책방이었다. 누군가 시간을 들여 나의 책방에 발자국을 남기고 갔다. 오늘 김포의 한 카페지기님과 김포투데이에서 인터뷰한다고 해서 책방에 방문했다. 처음 오는 길에 찾기가 어려울 정도로 눈에 띄지 않는 곳이지만, 그래서 더욱 반가웠다.

일요일 황금 같은 휴일에 책을 좋아하는 분과 그리고 귀담아들어 주는 누군가와 함께한다는 건 정말이지 모처럼 신이 나는 일이었다. 혹여나 내 말만 하지는 않았는지 되새겨본다. 인터뷰에 담을 이야기를 하고 나의 이야기를 드문드문 받아적다 보니, 팔이 아프셨던 걸까? 나의 이야기가 먼 나라 이야기처럼, 나뭇가지의 가지처럼 여기저기 계속 뻗어나갔다. 그래서 나의 이야기를 나의 언어로 전달해달라고 했다. 아주 정중히 말이다. 그래서 나도 흔쾌히 그러겠다고 답변드렸다. 나의 이야기를 하자면 조금 길다.

간호사로 20년 가까이 일하고 육아하고 살림하면서 그림책을 읽었다. 그 계기는 첫아이를 낳고 김포로 이사 오고부터였다. 집 가까이에 (도보 10분 거리에) 주민센터 위 작은 도서관이 있었는데, 그곳에서 나의 인생 책을 만나게 된다. 나라고 왜 책과 친해지고 싶지 않았을까? 나는 사실 책과 친하지 않은 아주 아주 평범한 학생이었다. 교과서에 밑줄을 잘 긋고, 선생님의 말씀을 잘 들으려고 했다. 책이란 건 나에게 도무지 재미없는 것이었다. 그러던 내가, '아이를 잘 키우고 싶어서' 아마 그 이유 때문이었을 거다. 나도 책과 친해지고 싶었고, 아이도 잘 키우고 싶었다. 그러던 차에 집 근처 작은 도서관에서 어느 날 한 권의 책을 만나게 된다.

김병완 작가의 <마흔, 행복을 말하다> 는 여백과 이미지가 많고, 글이 술술 읽히는 나름 유쾌한 책이었다. 책을 읽으면서 처음으로 "재미있다"라는 생각했다. 그도 그럴 것이 신규간호사 시절에 '1년 100권 완독하기'를 목표로 재미없는 책들을 처음부터 끝까지 꾸역꾸역 읽어나갔다. 재미가 없고 지루했고 힘들었다. 책이 재미가 아니었다. 책은 재미있어야 하는데 (지금 생각하면 당연히) 책이 재미가 없었다. 그런 노력에도 불구하고 한동안 책에 관한 편견을 깨부수지 못하고 있었는데 작은 도서관에서 서서히 계란에 금이 가더라 팍! 하고 깨져버렸다. 책이라는 장벽을 톡톡톡 두드리다가 어느 순간 팍! 하고 터져버린 거 같다.

그 책을 시작으로 그 주변에 있던 다른 '만만한' 책들을 읽어나가기 시작했다. 해치우듯 읽어나간 것 같다. 도서관에서 20권의 책을 빌릴 수 있었던 것도 큰 한몫을 했다. 그랬다. 작은 도서관은 만만했다. 그래서 내가 만만하게 읽기 시작한 것이다. 어려운 책은 넣어두었다. 지금의 초보 독서가인 나에게는 맞지 않았다. 책도 나와 타이밍이 맞아야 한다. 결정적 시기에 만난 하나의 문구와 구절이 큰 힘이 되는 것처럼, 책도 그렇다.

도서관의 다른 책들을 보다가 이상화 작가의 <평범한 아이를 공부의 신으로 만든 비법>이라는 책을 만났다. 사실 그전까지는 첫아이가 그림책을 가져오면 읽어주는 정도로 크게 "책을 읽어주어야지"라는 생각이 없었던 것 같다. 하지만 이 책의 한 구절을 만나고 그림책 읽어주기의 큰 획을 긋게 된다. 나의 첫 번째 책 <책 먹는 아이로 키우는 법>에서 인용한 구절이기도 하지만, 아이의 나이만큼 책을 읽어주라는 내용이었다. 한살이면 하루에 한 권, 두 살이면 하루에 두 권. 첫아이가 다섯 살이었을 때 다섯 권 양의 분량을 읽어줄 정도로 그림책 읽어주기에 몰두하던 시기였다.

나의 최근 저서를 탄생하게 한 책은 바로 짐 트렐리즈의 <하루 15분 책 읽어주기의 힘>이었다. 그 당시 만난 책 읽어주기의 방향을 제대로 알 수 있게 해주었다. 저자는 아버지가 어릴 적 읽어준 기억이 좋아서 자신의 두 아이에게도 책을 읽어주었는데, 학교도 기관에 자원봉사를 다니면서 아이들이 책을 좋아하지 않는 이유가 부모나 학교 선생님들이 책을 읽어주지 않아서라는 걸 알게 되었다. 그리고 무엇보다 아이가 만 13세가 될 때까지는 꾸준히 읽어주어야 한다는 말도 나에게는 큰 충격이었다. 보통 한글을 알게 되면, 한글을 떼고 나면 책 읽어주기를 멈추게 되는 데 이 책은 정반대의 충고를 건네었다. 그도 그럴 것이 어릴 때 엄마·아빠가 책을 많이 읽어준 아이들이 학교에 들어가고

학교 공부를 시작하면서 책을 싫어하게 되는 경우가 대부분이다. 그도 그럴 것이 부모도 가정에서 책 읽어주기를 멈추게 되는 결정적 시기가 바로 이 시기다.

그림책이든 만화책이든 아이들이 자연스럽게 글 책으로 넘어갈 수 있도록 아주 많은 양의 책을 만날 수 있도록 해주려면 부모의 용기와 결단도 필요하다. 무슨 말이냐면 길을 가다 물이 고인 웅덩이를 만나게 되면 이곳을 넘치려면 아주 많은 양의 물이 필요하다. 그만큼 아주 많은 양의 책을 접하고 난 뒤에야 글 책으로 자연스럽게 넘어가게 된다. 오늘 책방에 방문한 가족이 있었다. 둘째가 폴리를 좋아해서 폴리 그림책을 고르는 모습을 관찰했다. 그리고 첫째가 고른 쿠키런 책을 엄마는 사주지는 않았다. 일단 만화책이라는 생각이 컸을 것이다. 그리고 사주기에는 돈이 아깝다는 생각도 들었을 거다. 엄마의 생각을 모두 알지는 못하겠지만, 대부분은 만화책에 편견이 있다. 글 밥이 많은 책은 사도 되고 그림이 많은 책은 안될까? 그림책에서 그림의 양과 글의 양이 급격하게 많아지는 만화책을 거치고 나서야 글 책으로 넘어가게 된다. 그게 바로 책의 재미이고, 그 친구들은 책의 재미를 알게 된다.

책이 재미가 되려면 '재미있는 책'이 우선이다. 엄마·아빠가 고른 책이 아니라 '아이가 고른'책이 재미있는 책이다. 골라보고 먹어봐야 나에게 맞는지 안 맞는지 알 수 있다. 입어봐야 내 몸에 맞는지 알 수 있듯이 말이다. 실수도 해보고 잘못 골라도 보고, 사실 안 봐도 좋다. 우리가 사는 물건을 다 쓰지는 않듯이 책도 그렇다. 첫아이가 초등저학년부터 카카오프렌즈 역사 만화책, 놓지마과학 시리즈를 물 흐르듯 보고 즐겨보았다. 꾸준히 아이가 재미있어하는 책을 사주고 보러 다녔다. 그게 아니라면 알라딘어플에서 재미있어 보이는 책은 내가 골라서 사주었다. 친정인 구미에서 할머니, 할아버지에게 받은 용돈을 구미 삼일 문고에서 책 사는데 쓰는 경험도 했다. 그 당시 고른 쿠키런 시리즈를 아이는 매일같이 보고 좋아했다. 그런 기억을 만들어주었다. 아이가 마음껏 책을 골라보는 경험, 그리고 사보는 경험이 얼마나 가치 있고 값진 일인지 느낀다. 초등3~4학년 때 자기만의 공간이 중요해졌다. 서점에 가자고 해도 잘 나오지 않았고 친구가 중요해졌다. 그리고 애니메이션의 세계에 빠져들었다. 일본 캐릭터와 일본 소설에도 관심을 느끼기 시작했고, 내가 권한 에쿠니 가오리의 소설책도 꽤 재미있게 보고 나서는 다른 책들도 관심을 가지기 시작했다. 그 당시 하이쿠 와 같은 만화책도 사주었는데, 굉장한 분량의 책들을 보고 나서 어느 시기에 이르러서는 팔고 싶다고 해서 알라딘중고서점에 팔았다.

내가 하고 싶은 일을 한다는 건

오늘 술술 이야기가 나온 부분을 적다 보니, 첫째가 읽은 <인간 실격>, 둘째가 만지고 가지고 놀았던 <데미안> 책이 떠오른다. 첫째와 함께 책방에 방문한 적이 있는데, 그곳에서 빨간 표지의 <데미안>을 골랐다. 데미안 책은 그 이후로 첫째도 좋아하고 둘째도 좋아하는 책이 되었다. 다음 주 화요일에 내가 운영하는 최고그림책방에서 그림책 강의가 진행된다. 미리 질문을 모아 보았는데, 그중에 한 질문이 바로 이거였다.

"아이가 책을 읽지는 않고 가지고 노는데 그래도 괜찮나요?"

물론, 당연히 괜찮다. 오히려 더 좋다. 내가 간호사로 근무하던 병원 테이블에 그림책을 비치해 두었는데, 그림책을 만지고 가지고 노는 아이들이 있어서 참 뿌듯했다. 그림책에 관심이 있다는 표현이다. 겉표지만 만져도 되고 들추어보아도 좋다. 거꾸로 보아도 좋다! 책에 대한 느낌은 모든 감각으로 표현이 될 수 있다. 우리는 단순히 책을 읽어내야만 하는 것으로 잘못 알고 있는 듯하다. 그래서 '책이 어려운 거다'. 책은 가지고 노는 것이라는 것을 아이들이 어릴 때부터 알았으면 좋겠다. 어린 유아기부터 바닥에 깔아놓는 책이 좋은 책이다. 둥근 모서리의 (다치지 않게) 물고 빨아도 좋은 책을 몇 권 갖춰두고 (가능하면 두, 세 권 사두자!) 아이들이 물고 빨고 어떨 땐 찢기도 하지만 그렇게 놀이하는 거다. 아이들은 그 자체로 재미이고 관심이다.

둘째 아이가 <데미안> 책을 이해하며 읽을 수가 없다. 내가 데미안 책을 읽어준 적도 없지만, 아이는 그 책을 좋아한다. 거꾸로 보기도 하고 페이지를 한장 한장 넘기는 모습이 제법 진지하다. 책을 잡고 만지고 넘기는 느낌을 아이는 기억한다. 그리고 좋아한다. 다음번에도 다시 그 책을 펼칠 것이다. 그리고 페이지를 넘길 것이다. 책을 만나는 경험을 선물해주자. 부모 먼저 말이다. 내가 책이 어려운 데 아이가 책이 쉬울까? 부모가 먼저 벽을 조금씩 깨트려보는 거다. 그리고 스스로 인정할 건 인정하자. 내 정도 수준이면 데미안을 읽어내야지? 가 아니라, 나는 독서 초초초초보자다. 이렇게 인정해버리자. 그리고 동화책도 좋고 에세이도 좋고 그림책도 좋고 이미지 사진이 많은 책도 좋다. 그런 책부터 친해져 보자. 내가 그랬듯이 말이다.

책을 좋아하지 않는 건, 책이 재미가 없어서가 아니라 '재미있는 책을' 만나지 못한 것뿐이다. 내가 학창 시절 동안, 직장생활을 이어오는 동안 책이 재미없었던 이유는 나에게 와닿는 재미있는 책을 만나지 못했기 때문이라고 생각한다. 다양한 경험이 없었다. 그래서 내가 운영하는 최고그림책방은 가까이 가기 쉬운 곳이고 재미있는 책을 만나기 좋은 곳이길 바란다. 그래서 그림책 한 권을 고를 때도 신중해진다.

최고그림책방이라고 하면 많이들 오해한다. 아이들만 가는 곳이 아닌지? 그림책만 있는지? 그렇지 않다. 내가 운영하는 책방은 어른도 아이도 할머니도 할아버지도 10대도 20대도 모두가 방문할 수 있다. 그림책이 아이들만의 책이 아니듯이, 그림책을 읽어주는 사람은 결국 부모이다. 엄마·아빠도 책이 좋아지는 경험을 선물해주고 싶다. 그래서 관심이 있는 수필이나 소설, 자기계발은 물론이고 지금 인기 있는 (인기 있는 데에는 분명 이유도 있다) 베스트셀러도 요목조목 비치해두고 있다. 나의 추천으로 골라간 그림책이 누군가에게는 웃음으로, 누군가에게는 여유로, 누군가에게는 다시 또 오고 싶은 책방으로 기억되기를 바란다.

내가 창업으로 책방을 선택한 건 바로 이런 이유에서다. 내가 창업하려고 해서가 아니라, 내가 책방을 내야 하기에 창업을 한 것이다. 어렵고 고단한 길이고 돈이 안 될 수도 있는 이 길을 선택한 건 누군가의 강요도 아닌 바로 내가 한 선택이다. 그래서 더욱더 책임이 막중해지고 신중해지지만, 그만큼 출근길이 즐겁고 오늘은 누굴 만나게 될까? 설렌다. 김포에 그림책 향기가 가득 퍼지기를, 그 시작에 나의 책방이 함께했으면 좋겠다.

책방에서 강의를 시작하다

지난주 동네 주민을 대상으로 무료 강의를 열었다. 내가 8월 16일에 책방을 오픈하고 처음 맞이하는 강의였다. 어쩌면 나에게는 신고식이나 마찬가지인 자리였다. 책방을 열고 책을 입고하고 정리하는 일이 대부분 나의 일상이고 업무였다. 요즘 사소한 것들을 추가하면서 나름의 공백의 시간을 채워나가고 있다. 그림책 강의는 여러 번 했었고 지금도 현재진행형이다. 오는 9월 17일에는 김포의 문화센터에서 그림책 강의가 예정되어 있다. 알음알음 그림책 강사를 검색하거나 인스타, 블로그를 통해서 나에게 강의 요청을 해온다. 참 감사한 일이다.

내가 처음 그림책 강의를 했을 때가 떠오른다. 부천의 꿈여울 도서관에서 비대면 강의 요청이 들어왔다. (코로나가 한창인 2022년에 내 책이 출간되었고 강의를 할 곳이 마땅치 않았다. 대면 강의는 불가하고 비대면도 하는 게 기적과도 같은 일이었다!) 작년 8월에 <하루 10분 그림책 읽기의 힘>이 출간되고 그 당시 여러 곳 도서관에 나의 책을 보내기도 했다. 아마 그때 인연이 닿았던 걸까? 부천의 도서관에서 그림책 강의 섭외가 들어왔고 나는 무척 떨레고 설레고 기뻤다! 사실 강의에 대한 걱정도 없다면 거짓말이다. 하지만 8월 내 책이 출간되고 나는 내 책과 그림책 읽어주는 메시지를 전하기 위해 무던히도 노력했다.

저자 사인용 책을 기관에 보내는 것은 물론이고 구미 삼일문고, 제주도 노란우산 그림책방, 강릉 고래책방 등에서 저자북토크를 열기 시작했다. 구미 삼일문고는 특히 나와 인연이 깊었다. 나의 고향은 구미다. 구미에서 태어나고 자랐고 대학생이 되어서야 서울로 올라왔다. 구미에는 여전히 나의 부모님이 살고, 나는 일 년에 연중행사처럼 내려가고 있었다. 경기도 김포에 살고 거주하다 보니 친정인 구미에 내려가기 쉽지 않았다. 그런 와중에 아이들이 방학하거나, 내가 일을 쉬는 중간중간 시간이 나는 날이면 나는 으레 구미로 향했다. 아이들과 친정 구미에 가는 발걸음은 가벼웠고 오는 발걸음은 무거웠다.

나의 첫 번째 책 <책 먹는 아이로 키우는 법>을 펴냈을 때 삼일 문고와 함께한 기억이 그곳에 고스란히 적혀져 있었다. 둘째는 갓난아기였고 첫째는 초등저학년이었다. 그 당시 집 근처 삼일문고는 사막의 오아시스였다. 지금은 워낙 인기가 많고 구미지역에서도 (아니 경상도 전역에서도) 알아주는 삼일문고가 되었지만, 5년 전 그 당시에도 삼일문고는 꽤 잘 갖추어진 명품서점이었다. 첫째 아이가 캐리어에 책부터 담을 정도로 책을 좋아했는데, 아이와 함께 방문하면 아이와 나는 신이 났다. 쿠키런, 만화책, 재미있는 그림책들까지. 모든 책이 한눈에 들어와서 보기 좋았고 아이는 장바구니에 담기에 여념이 없었다. 그도 그럴 것이 할머니, 할아버지와 함께 며칠간 휴가를 즐기다 보면 용돈을 두둑이 주시는데, 그 용돈을 아이가 좋아하는 책을 사는 것이었다. 책을 고르는 동안 눈이 반짝이고, 책을 한가득 안고 올 때 눈이 더욱 반짝거렸다. 그런 아이가 참 좋았고 나도 행복했다.

삼일 문고에서 깊은 인연을 밑거름 삼아, 삼일문고 대표님과 연락이 닿아 <하루 10분 그림책 읽기의 힘> 첫 번째 강의를 삼일문고에서 하게 되었다. 호텔에 숙소를 잡고 엄마·아빠, 그리고 구미의 친구들도 초청했다. 그렇게 나의 첫 번째 강의가 설렘과 기대 속에 잘 마무리되었다. 그 강의를 시작으로 나는 강릉, 제주도, 서울 이루리북스까지 전국의 서점이나 책방을 찾아다니며 강의하기에 이르렀다. 올해 최고그림책방을 오픈하고 첫 번째 강의에 10분이나 되는 많은 분이 참석해주었다.

자그마한 책방에서 가당키는 한 걸까? 10평도 안 되는 작은 책방에서 강의도 하면서 나름 생계를 꾸려나갈 수 있을까? 모든 창업에는 걱정이 앞선다. 책방은 물론이고 식당, 카페, 미용실, 모든 업종이 나름의 고민과 고충을 안고 가져간다. 책방은 특히 더욱 걱정스럽긴 하다. 실상 책 하나를 판매했을 때 순수익으로 남는 돈은 몇천 원에 불과한 사실. 도서정가제를 지키다 보면, 책에 담긴 가치를 혹여라도 훼손시키지는 않을까 사소한 고민까지 나에게 다가왔다. 먹는 것 하나는 쉽게 지갑을 열지만 (특히 더운 날에 커피는 못 참지!) 책 하나를 살 때는 왜 이리도 고민이 되는지. 나처럼 그래도 쉽게 책에 지갑을 여는 사람이라도 그럴진대, 책과 친하지 않거나 책이 필요한지 모르거나, 울며 겨자 먹기로 책을 사야 하는 사람들에게는 책은 너무도 높은 장벽이다.

내가 책방을 운영하면서 책 판매뿐만 아니라, 강의와 모임을 기본적으로 생각한 것도 이와 같은 이유에서였다. 절대로 쉽고 만만하게 보지 않았다. 하지만 실제로 책방을 열고 책 판매가 다른 수익이 나는 과정까지 이어지기에는 멀고도 먼 당신이었다. 책방이 구래역에 있어야 하고, 내가 그런 책방을 만들고 싶었다는 취지와 의도까지는 좋았지만, 이 책방이라는 것이 길고 가늘게라도 살아남기 위해서는 다양한 방식과 수익구조를 만들어내야만 하는 것도 생각해야 했다.

겉으로 보이지 않는 책방이기에 나는 더욱 위축되기도 했고, 어떻게 책방을 사람들에게 알릴까? 고심했다. 나에게는 강의라는 소스를 만들어보기로 했다. 처음에는 내 책방을 사람들에게 어떤 식으로든 알려야 했다. 홍보 수단 중에 전단지도 있을 것이고 각종 광고도 넘쳐날 것이다. 나는 강의를 매개체로 사람들에게 다가가기로 했다. 내가 간호사 생활하면서도 강의를 꾸준히 해왔고 (비대면도 대면도) 내가 잘 할 수 있는 부분을 내세우기로 했다. 그리고 무료 강의로 사람들을 초청했다. 그림책에 관심이 있거나, 혹은 없거나, 모든 사람에게 다가가기 쉬운 주제를 선정했다.

다행히 그림책 강의에 온 분들이 책과 인연이 깊거나 관심이 많은 분이었다! 강의를 마치고 내 책을 선물 드릴 때 기뻐하는 모습에 나 역시 뿌듯해졌다. 그림책 실전 방법이 오롯이 녹아나 있는 <하루 10분 그림책 읽기의 힘>은 엄마·아빠를 통해 아이에게 서서히 스며들 것이다. 그리고 엄마·아빠가 읽어주는 그림책 목소리에 아이는 아주 천천히 그림책 세상의 재미로 풍덩 빠져들 것이다. 그런 변화를 꿈꾼다. 그리고 나는 그런 변화를 이루어나가기 위해 강의를 꾸준히 열 것이다. 강의하고 좋은 그림책을 사가는 모습을 본다. 다음 주 화요일에 예정된 <그림책 성교육 대면 강의>에도 많은 분이 참석해주었으면 좋겠다.

우리 책방은 책도 씁니다

작은 도서관에 드나들면서 깨작깨작 적어둔 독서 노트가 있었다. 책 속에 좋은 구절이나 명언, 한번 읽고 지나가기에는 아까운 구절을 한 페이지씩 적어두었다. 그리고 도서관에 방문한 날 그날의 느낌도 함께 적어두었다. 도서관은 책의 연습장이었다. 마음껏 빌려도 누가 뭐라 안 하고, 안 읽어도 뭐라 하지 않았다. 나도 그랬고 아이도 그랬다. 20권이 30권이 되고 40권이 될 때가 있었다. 이 책을 언제 다 읽지? 라는 마음보다는 그저 손에 닿는 읽고 싶은 책을 읽어나갔다. 그리고 재미있는 책을 읽으면 또 빌리러 가고 싶어졌다. 도서관의 수많은 책을 거치고 일산의 교보문고에 아이와 함께 자주 다녔다. 그 당시 새로 생긴 교보문고는 그 자체로 이뻤다!!

서점이 예쁠 수가 있다니. 책과 함께하는 공간이 아늑하고 기분이 좋았다. 새 책의 느낌도 좋았다. 잔잔한 오르골 소리도 한몫했다. 첫째와 자주 데이트할 때 아이는 오르골을 참 좋아했고 그 앞에서 움직이는 병정들을 보며 오르골 소리에 귀를 기울였다. 그런 아이의 모습이 지금도 생생히 떠오른다. 바로 이 아이가 첫 번째 책 <책 먹는 아이로 키우는 법>의 주인공이다. 글을 쓰는 방법을 배우고 아이에 관한 경험을 새록새록 꺼내 보았다. 그간 모아두었던 독서 노트의 구절들이 이때 빛을 발하게 된다. 독서 노트는 나름의 역할을 충실히 해내고 임무를 다했다. 책을 쓰면서 많이 울기도 했다. 그렇게 첫 번째 책이 탄생하게 된다.

간호사로서의 기술이 필요하듯이, 책 쓰기에도 기술과 방법이 필요했다. 내가 필요한 부분을 배우고 실제 가장 중요한 나의 경험과 삶의 지혜, 깨달음을 책 속에 나의 언어로 녹아냈다. 제목과 목차가 구성되면 나의 이야기를 글 속에 적어 내려간다. 물론 쉽지 않다. 이때껏 짤막한 글만 써왔던 나에게 글쓰기란, 더욱이 책을 써 내려가는 기분이란 역시 '인고의 시간'이었다. 글 쓰는 사람들에게는 이 시간 또한 견디어내는 과정이다.

책을 한 권, 두 권 펴내면서 출판사에서 연락이 오기도 하고 만나기도 했다. 전화 통화만 하고 끝내기도 하고, 계약하기도 했다. 그리고 강의를 시작했다. 생각만 했다면 못 이루었을 것들이 하나씩 이루어져 갔다. 강의계획서도 처음 만들어봤고, 남들 앞에 떨린 목소리로 서는 것도 처음이었다. 낯설고 어려웠지만, 설레고 재미도 있었다. 나는 말을 해야만 하는 사람이구나! 를 깨닫는 중요한 계기가 되었다. 나에 대해 알려면 이것저것 시도해보는 것이 필요하다.

나는 간호사 일하면서도 틈틈이 집 근처 도서관과 서점을 다녔다. 그리고 아이를 육아하면서 책을 짬짬이 써 내려갔다. 기회는 기회를 부르는 걸까? 책을 통해 강의 요청이 오기도 했고, 내가 직접 본사에 강의 요청을 하기도 했다. 도서관이나 문화센터, 책이 필요한 곳이 어디든 책 택배를 보내기도 했다. 필요하면 연락해주시라! 를 꼭 써 붙였다. 그리고 연락이 오는 곳도 있었다!

<하루 10분 그림책 읽기의 힘>을 출간한 지 어느덧 일 년이 되었다. 벌써 하고 느껴지기보다, 에게 겨우 일 년? 이라고 느낌이 들었다. 그도 그럴 것이 책 출간 이후 굉장한 잡일들을 떠벌리고 다녔기 때문이다. 책 택배를 지역 서점, 책방, 어린이집, 병원, 도서관, 문화센터 등에 보내기도 하고 서평 이벤트를 많이 열었다. '세상에는 그림책 육아에 관심 많은 사람이 많구나!'라는 걸 깨닫기도 했다. 내 책을 받고 정말 기뻐하는 분도 있었고, 명필로 나의 책 제목을 한자씩 정성 들여 올려주신 분도 있었다. 참 감사한 분들을 많이 만났고, 나 역시 보답하기 위해 또 다른 책 선물을 준비하기도 했다.

책방을 차리고 한 달이 채 되지 않았지만, 그간의 강의경력과 책을 펴낸 기술로 일주일에 한 번씩 강의를 열고 있다. 감사하게도 10분 가까이 되는 분들이 매번 방문하고 참석해주신다. 그리고 참 뜻깊은 강의였다고 감사 인사를 전하고 나를 있는 힘껏 응원해주신다. 우연한 기회는 스스로 만드는 것 같다. 내가 일 년 전에 책 택배를 보낸 문화센터 관계자님을 우연히 책방에서 보게 될 줄이야! 세상에. 나도 놀라고, 담당 선생님도 놀라는 거다. 지역 카페에 올려둔 강의 소식을 접하고 나의 책방에 방문했다. <그림책 읽기 강의>를 시작으로 선생님은 매주 나의 강의에 참석해준다. 참 감사하고 소중한 인연을 이렇게 만들어 나간다.

글쓰기 강의를 열기로 하다

책방 문을 열고 빗자루질한다. 매일같이 10시가 되면 책방 문을 연다. 손님이 올 때도 있지만, 손님을 기다리는 일이 더욱 많은 책방이다. 책 속에 글을 작은 메모지에 적어 붙여두고 누군가 나의 글귀를 보고 이 책을 집어 들지 않을까? 내심 기대해본다. 강의 표지를 만들면서 강의에 오실 분들이 어떤 사람일까? 상상해보기도 한다. 빗자루질만 시작했던 나에게 책방을 이렇게 천천히 다가왔다. 오늘 할 일이 뭐지? 생각하게 해주었다. 빗자루질만 하면 몰랐을 일들이, 하나하나 시작하고 새로운 일을 하게 만들어주었다.

넋 놓고 손님을 기다리고만 있기에는 나의 하루가 너무 소중하다. 책방이라는 이 공간이 가진 매력을 더욱 많은 사람에게 알리고 싶었다. 책방 간판도 구래역 앞으로 끌어다 놓았다. 제법 무게가 있는 간판이지만, 단 한 분이라도 책방이 생겼구나! 라는 사실을 인지했다는 그것으로 충분하다. 나는 단 한 분이 정말 소중하다. 그 한 분이 또 다른 인연을 만들어주기도 하니까. 글쓰기 강의를 열기로 하고 어제 포스터를 만들었다. 내가 할 수 있는 부분을 하나씩 해나간다. 오늘은 근처 문고에 들러서 포스터를 출력해야겠다. 회사에서 당연히 사용하던 프린터기가 내 공간에는 아직 없다! 프린트를 살까? 대여할까? 도 생각해보았지만, 당분간 이렇게 신세를 져야 할 것 같다. 오늘은 또 어떤 분이 와주실까? 두려워만 했다면 시작도 못 했을 거다. 책방이 생겨서 참 좋다는 글을 볼 때, 나는 참 뿌듯하다. 내가 할 수 있는 일을 오늘도 조금씩 해나가 보려 한다.

빵 집 에 빵 그 림 책 을 진 열 하 다

책방을 오픈하고 내가 주기적으로 하는 일이 있다. 그건 바로 주변 매장이나 가게에 그림책을 진열해두는 일이었다. 내가 제일 처음 그림책을 진열해둔 곳은 나의 저서 <하루 10분 그림책 읽기의 힘>에도 언급되어 있지만 김포 구래역에 있는 호호브레드라는 빵집이었다. 원고를 쓰거나 개인적으로 혼자 있고 싶은 시간을 보낼 때 자주 방문하던 곳이었다. 빵 종류도 아주 많고 사람들도 많았다. 주변에서 입소문으로 찾아올 정도로 인기가 많은 곳이었다. 나는 내가 좋아하는 아이스라테를 한 잔 시키고, 좋아하는 빵 크루아상을 집어 들어 조용한 2층으로 향했다. 2층에는 여러 테이블이 놓인 나에게 딱 안성맞춤 공간이었다.

빵집은 문을 일찍 연다. 보통 새벽 4~5시에 (개인 빵집을 운영하는 분에게도 물어보았지만) 빵을 반죽한다고 한다. 아침에 빵을 꺼내기 위해서는 새벽부터 부지런히 빵 반죽을 만들어야 한다는 거다. 실제로 호호브레드 직원들이 아침 몇 시부터 빵을 반죽하는지는 모르겠지만, 굉장히 부지런히 일찍 출근해야 한다는 건 누가 생각해도 상상이 갈 것이다. 여튼 빵집에서 일하는 직원들이 아침 일찍 출근하고 빵을 반죽하고, 또 다른 직원들은 출근해서 청소부터 시작할 것이다. 빵집의 규모가 제법 큰 편이고, 빵 종류도 많고 운영시간도 길다 보니 빵집에서 일하는 직원들도 참 많았다.

내가 커피를 사거나 빵을 고를 때 친해진 직원도 있었다. 가끔 아이에 관한 안부를 묻거나, (나처럼 자주 들락거리는 손님에게는) 일상의 이야기를 전하기도 했다. 변함없이 빵집에서 빵을 진열하고 계산하고 손님을 응대하는 일, 쉽지만은 않은 일인데 늘 한결같이 응대해주었다. 나 역시 눈이 마주치거나, 내가 방문했을 때 그 직원이 있다면 가볍게 안부 인사를 전하고는 했다.

김포에서 그림책 모임을 시작한 지 2년이 넘어간다. 그사이 나는 그 빵집에 빵 그림책을 진열하면 어떨까 하는 생각을 했다. 그리고 바로 실행에 옮겼다. 그림책 모임에서 특별히 인기 있던 그림책을 골랐다. 그림책 모임이나 내가 운영하는 최고그림책방에 방문하는 사람들이 으레 하는 이야기가 있다.

"빵 그림책이 이렇게나 많아요?

놀라는 거다. 그도 그럴 것이 책방에만 진열해둔 빵 그림책 종류만 해도 20가지 정도가 된다. 사실 그것보다 많지만, 공간이 한정되어 있다 보니 나름 선별한 것이다. 빵 그림책에는 빵, 우유, 젤리, 떡, 온갖 먹거리가 함께 딸려온다. 그 정도로 그림책의 세상을 꼬리에 꼬리를 물고 다양하고 매력적인 빵 세계를 보여주었다.

최근 구래역 근처에 (나의 책방 근처에) 새로 오픈한 가게가 있었다. 식빵 가게였다. 인테리어할 때부터 눈여겨보았는데, 식빵집을 볼 때부터 한번 방문해야겠다고 생각했다. 그리고 오픈하자마자 달려갔다. 빵 행사해서 많이 팔린 상태였고, 나는 으레 그런 듯 아이스라테 한 잔을 시켰다. 그리고 앳되보이는 여자 사장님(직원)과 이런저런 이야기를 나누면서, 내가 책방을 운영한다는 사실도 알렸다. 두 번째 방문에서 인기 최고인 식빵 그림책과 그림책을 세울 수 있는 거치대로 챙겨갔다. 식빵 그림책을 진열해줄 수 있냐고 물어보았다.

여직원은(사장?) 약간 난감해하는 표정을 했지만, 남편과 오빠(안쪽에서 빵을 만들고 있는)에게 물어본다고 했다. 나는 함께 가지고 온 10프로 할인쿠폰을 전달하면서 밝게 인사를 하고 나왔다. 식빵 그림책이 잘 진열되어 있을까? 두근거리는 마음으로 다음날 방문해보았다. 아침 일찍 문 여는 시간에 맞추어 맛있는 식빵도 고르기 위해서였다. 매장을 들어서니 반갑게도 왼쪽 거치대에 빵 그림책을 진열해둔 것이었다! 심지어 펼쳐져 있었다! 내가 좋아하는 모습을 보았을까? 여직원은 아이가 그림책에 관심을 보였다고 말하며, 엄마가 할인쿠폰 때 챙겨갔다고 말해주었다. 와!!! 그림책진열에 성공한 것이다. 그리고 더 좋은 건, 아이가 관심을 보이고 엄마가 조만간 책방에 들릴 수도 있겠다는 기대감이 생겼다.

나의 사비이지만, 내가 그림책을 고르고 그 그림책을 매장에 기부하는 건 세상에 그림책을 알리기 위한 나의 작은 초석이다. 그림책 하나지만, 약국에서 대기하는 동안 그림책을 펼칠 수 있고, 주문을 기다리며 그림책을 펼칠 수 있다. 아이가 그림책에 관심을 보이고, 엄마가 읽어줄 수도 있다! 아이의 관심은 곧 책에 관한 관심이고 그 관심이 계속 이어질지도 모르기 때문이다. 그런 작은 초석을 마련하기 위해 나는 오늘 매장 곳곳을 살핀다. 옷 가게에 진열해둔 아기자기 옷 그림이 그려진 그림책을 진열해두면서 (당연히 사장의 동의하에) 아이들이 좋아한다는 말을 들으면 그렇게 뿌듯할 수가 없다!!!

이번에 어떤 그림책으로 진열해볼까? 하는 생각에 알라딘에서 그림책 하나를 고른다. 내 선택이 아이들의 눈에 닿기를. 그리고 길거리가 그림책으로 가득 차는 날이 되기를 감히 바라본다.

p.s 제가 책방을 열면서 기획했던 것 중의 하나가 바로 그림책 진열이었습니다. 단 주의할 것이 있는데요. 아르바이트직원에게 그림책을 전달했다가 (당연히 사장인 줄 알고) 사장에게 그림책이 전해져서 실제 제가 계획한 매장진열을 하지 못한 적도 있었습니다! 매장가게에 어떤 이벤트를 기획할 때는 반드시 꼭! 사장님인지, 물어보고 진열해야겠습니다.

안녕하세요? 그림책 맛집입니다

그림책 모임이 있던 날, 정말 감명받은 일이 있었다. 여느 날처럼 책방 문을 열고 그림책 모임에서 진행하게 될 그림책을 여러 권을 골라놓았다. 이번 달 그림책 모임은 한 분이 참석해주었는데 그래도 성심성의껏 그림책을 고른다. 나의 책방에 초등학교 2학년인 자녀와 함께 방문해주었던 분이다. 아이와 함께 온 날, 여러 가지 그림책을 앉아서 읽었다. 그리고 그림책을 사가기도 했다. 내가 특별히 기억나는 이유가 엄마가 책방에 자주 왔기 때문이다. 그리고 내가 한 달에 주기적으로 여는 강의에도 관심을 보이고 참석하고 싶다고 말하곤 했다.

사실 그림책 중에서 내가 선호하기도 하고, 아이들이 좋아하는 그림책은 단연 맛있는 그림책이다. 브로콜리 그림책, 된장찌개, 떡, 소시지, 전(부침개) 등등. 빵 그림책은 말할 것도 없고! 듣기만 해도 군침이 나지 않을까? 우리가 먹어본 음식들이고 그 맛을 알기에 더욱 우리의 미각을 자극한다. 특히 그림책 중에서 <전놀이>는 추석 전날 입고한 그림책이었는데, 그 그림책을 아이가 엄마와 함께 보았다. 책방에 와서 책을 읽고 그날의 감동을 일기장에 기록한 것이다!

그림책 모임에서 그림책 이야기를 나누던 중 엄마가 이야기했다. 책방에서 그림책을 보고 간 날, 일기를 적었는데 (한가득 빽빽이) 책방에 관한 좋은 느낌과 이름처럼 최고!! 책방이었다고. 최고의 칭찬까지 들은 나는 어깨가 으쓱했다. 수행평가를 한다고 하면서 사간 그림책으로 아이도 재미있었다고 이야길 했다고 하니, 내가 책방을 연 보람이 있구나! 다시 한번 깨닫게 되었다. 이처럼 내가 권하는 그림책을 아이들이 알아보고 좋아해 줄 때, 나는 보람을 느낀다.

세상에는 그림책은 정말로 많다. 하지만 내가, 내 아이가 좋아하는 그림책을 보여주고 선별해주는 일은 사실 만만치 않다. 내가 경험한 대로 적어보자면, 전집을 살 때가 특히 그렇다. 내가 보고 싶은, 좋아하는 책만 사고 싶은데 전집은 '보고 싶지 않은'

책도 울며 겨자 먹기로 함께 사야 하는 것이다. 전집은 보통 세트로 구성되어 있어서 살 거면 다 사야 한다. 전집을 살 때도 방법이 있다. 아이에게 샘플로 한두 권을 읽어주거나 보여주는 거다. 그리고 아이가 좋아한다면 전집을 구매해도 된다. 안 보는 책이 당연히 생기겠지만, 그 또한 아이의 몫이다.

이미 사들였다면 마음껏 가지고 놀았으면 좋겠다. 쌓아서 계단처럼 걸어 다닌다든지, 세모로 세워서 가지고 논다든지, 책장에만 꽂아두지 말고 바닥에 흩뿌려놓고 이책 저책 뒤적거려 본다든지 이런 식으로 말이다.

책은 책장에만 꽂혀있는 게 아니다. 아이들의 시선에 머무를 수 있게 세워두는 일이다. 그림책 앞면이 보이게 말이다. 오늘 책을 샀다고 하면 소파나 벽이나 식탁에라도, 아이의 눈에 들어올 수 있게 한번 세워놓아 보자. 전면책장이 있다면 좋지만, 없더라도 상관없다. 세워둘 공간만 있으면 된다. 하다못해 창틀도 좋다!

최근 방안에 안 쓰는 책상이 있어 알파룸으로(거실 옆 공간) 꺼내두었다. 아이들이 머리를 감거나 중간중간 시간을 보낼 때 책상을 이용하기도 한다. 둘째 아이를 책상에 앉혀서 머리를 말려준다. 그리고 근처에 있던, 아이가 좋아하던 그림책 두 권을 빼 온다. 백설 공주와 아기돼지 3형제다. 머리를 말리는 시간은 생각보다 길다. 여자아이의 머리는 길었고, 드라이기로 말리는 시간이 제법 오래 걸린다. 그래서 아이 앞에 그림책을 두었다. 아이는 당연하듯 그림책을 열어본다. 손으로 만지면 올록볼록 질감을 느낄 수 있는 그림책이다. 백설 공주는 아이가 가장 좋아하는 그림책이다. 한 장씩 넘겨본다. 굳이 내가 읽어주지 않아도, 이야기의 흐름을 아는 아이는 그저 페이지를 한 장씩 넘겨보며 그림책의 그림을 본다. 아기돼지 3형제도 한 장 한 장 넘겨본다.

그렇게 그림책을 2권 보는 동안, 드라이기로 머리를 다 말려간다. 아이의 눈앞에 그림책을 놓아주는 일, 바로 그게 우리가 할 일이다. 아이가 좋아하는 그림책을 찾아주고 (평소 책방이나 서점, 도서관에 아이와 함께 가본다면 아이가 좋아하는 책을 알 수 있다!) 그 그림책을 읽어주고 보여주는 일. 그런 그림책의 결이 모이고 모여 책을 좋아하는 아이가 된다.

내가 하는 일도 그렇다. 세상에 그림책 메시지를 전하기 이전에, 나의 책방에 방문하는 꼬마 손님 한 명의 취향을 찾아내고 알아주는 일. 꼬마 손님이 그림책을 좋아하고, 나의 정성을 알아주었다면 그것으로 충분하다!

우리 책방은 커피를 팔지 않습니다

창업을 준비하면서 책방에 관한 책을 자주 보았다. 그중에 책방에서 커피를 팔지 않는다는 제목의 책을 본 적이 있다. 요즘은 북카페라고 칭하면서 다양한 인테리어와 책이 함께 어우러진 곳들이 많이 생기고 있다. 나 역시 책도 보고 커피도 마실 수 있는 곳이라면 주저하지 않고 들어갔던 것 같다. 내가 소비자의 입장에서는 편리하고 좋아 보였던 곳이, 내가 사장이 되면 또 다른 입장을 생각하게 된다. 우선 책방에서 책도 팔고 커피를 팔게 되는 경우를 생각해보았다. 새 책이 많을 것이고, 책이 손상될 가능성이 항시 있다. 이전에 책방 운영을 해본 적 없는 나는 더더욱 이 부분이 신경이 쓰였다. 커피를 마시게 되면 한두 시간 정도 앉아서 책을 보게 되는데, 이 또한 소비자로서도 좋지만 조그만 책방을 운영하는 처지에서는 부담스럽다. 작은 공간에 단둘이 있는 것도 사실 부담스러울 것 같다! 책방에서 커피를 팔지 않겠다고 다짐한 이유를 요약하면 다음과 같다.

1. 공간이 작다. (8평 남짓의 작은 책방 공간에 앉아있을 곳도 부족하다)

2. 커피머신 다룰 줄 모른다. (아르바이트를 고용하는 것도 현재로서는 무리다)

3. 물이 있는 곳은 청소해야 하는데, 엄두가 안 난다. (실제 정수기도 없다)

현실적으로 책방 창업한 '현재는' 불가능했다. 창업이라는 건, 말 그대로 스타트업이고 나에게 기회이자 테스트 기간이기도 하다. 이것저것 해보는 기회가 되고, 수익화를 이루어낼 수 있는 구조를 먼저 만들어 나가는 게 우선이다. 물론 커피를 팔아서 얻는 수익도 있을 테지만, 외부에서 나의 책방이 전혀 보이지 않는 현재의 구조로서는 더욱이 커피 마시러 책방에 오는 사람은 없을 거라고 생각했다.

누군가는 말할 것이다. 정수기도 두고 커피도 팔면 좋을 텐데? 창업하면서 가장 용기가 필요했던 부분은 바로 이거다. '실제 창업해보지 않은 사람들'이 건네는 이야기에 정말 그런가? 나도 그렇게 해야 하나? 싶은 순간들이 온다. 실제 창업해서 일하고 있는 분들도 경기가 너무 안 좋아서, 창업이라는 시작 자체를 우려하는 목소리도 많이 들었다. 우리는 살면서 아르바이트를 시작하는 데에도 면접을 보고, 그 가게를 보고, 주인을 보고, 심사숙고해서 아르바이트를 시작한다. 하물며 창업이라는 (내 돈이 오롯이 들어가는) 일을 시작하는 데 심사숙고하는 일은 당연하다. 돌다리도 두들겨보며 건너라는 말이 있듯이, 내 사업을 시작하는 데 있어서 아무런 준비 없이 시작하는 사람은 없을 거다.

완벽한 준비보다는 60~70퍼센트의 준비와 기준, 나만의 확고한 신념과 믿음으로 시작했다. 최고그림책방이라는 글자를 간판에 새기고, 이런 책방도 있어요! 그걸 알리고 싶었던 거다. 그리고 평생 책방지기로 살아도 좋다! 라는 어렴풋한 나의 미래에 첫 시작점을 알리기에 충분했다.

어떤 가게를 창업하기 이전에 '나라는 사람에 대해' 잘 알아야 한다. 책만 좋아한다고 해서 책방을 운영할 수 있는 건 아니다. 책방도 마케팅이다. 전단지도 만들고, 수업과정도 모색해야 하는 '늘 머리를 굴려야 하는' 일이다. 어떻게 하면 사람들이 올까? 어떤 그림책을 진열해두면 좋을까? 이 지역에서는 책 쓰기에 관심이 많을까? 등등 책방을 실제 운영하면서 모임을 만들고 강의를 만들어가며 나만의 책방을 만들어 나갔다.

미숙하고 준비되지 않았더라도 하면서 하나하나 만들어가면 된다. 처음은 늘 두렵고 어렵다. 어렵다는 게 못한다는 말은 아니다. 이쪽 길이 어려우면 저쪽 길로 돌아가는 방법도 있다. 정수기가 없어서 생수를 사두었다. 집에는 정수기가 있지만, 책방에 정수기를 설치하기에는 확신이 없었다. 이미 포스기나 CCTV 등 렌탈비로 고정적으로 유지비가 들어간다. 그래서 다른 렌탈은 자제하기로 한 것이다. 프린터기도 마찬가지였다. 한참을 고민했다. 컴퓨터 작업도 필요하기에 중고로 (아는 지인이 추천해준 곳에서) 컴퓨터를 사면서 조언받고 프린터기를 새것으로 구매했다. 요즘은 렌탈이 대세라 편리한 것은 알지만, 렌탈이 무섭다는 것도 알고 있다.

보통 2~3년의 계약기간을 가지는데 중간에 해약하거나 하면 위약금이 생각보다 크다. 그래서 시작부터 예산 내에서 사는 것을 추천한다.

나는 컴퓨터 전문가가 아니기에, 전문가에게 물어보고 구매하고 설치했다. 모든 것을 혼자서 이루어내야 하는 과정이 버겁기도 하지만, 그럴 때마다 주변에 도움을 구하기도 한다. 내가 실제로 못하는 부분은 도움을 많이 받기도 했다. 공간이 완벽하지는 않지만, 작은 공간이 사람들로 채워졌다. 커피머신이나 정수기는 없지만, 책과 사람들이 드나들었다. 작은 공간에 책과 사람들이 함께 한 나날이었다. 내가 하고 싶은 일을 꾸준히 한다는 건 용기 있는 일이다. 그리고 내가 확신이 있는 한두 가지에 집중하고 나머지는 신경 쓰지 않는다.

나는 책과 사람에 집중했다. 아이들이 좋아할 만한 책을 선별하고 보여주었다. 책 쓰기에 관심 있는 사람들을 대상으로 강의하고 수업을 진행하고 있다. 책이 어려운 사람들에게 책이 재미라는 것을 알려주고 싶었다. 이게 전부다. 사람이 전부다. 내가 목표하는 책방이 될 때까지는 내면이 알찬 책방이 되어갈 수 있도록 하루하루를 걸어간다. 최고그림책방이라는 김포의 작은 서점을 알리기 위해 오늘도 분주히 움직인다. 블로그나 유튜브, 인스타도 나의 책방을 알리는 방법이다. 먼 곳에서도 책 쓰기나 성교육을 듣기 위해 오기도 한다.

내가 꿈꾸는 책방은 너른 공간에 교육실이 따로 있고, 바깥이 훤히 보이는 통창 유리에 사람들이 앉아서 커피를 마시면서 책을 보고 있다. 아기자기하고 멋스러운 인테리어한 책장에 아름답고 재미있는 그림책들이 진열되어 있다. 엄마들은 유모차를 세우고 아이들은 한쪽에 책 읽어주는 선생님의 이야기를 듣고 있다. 엄마들이 글쓰기 수업을 들을 때면 옆 방에서 돌보미 선생님이 아이를 돌봐준다. 옆 방에서는 비누 만들기 수업이 한창이다. 갓 구운 빵 냄새와 커피 향이 책방 안을 가득 채운다. 어둑해지는 심야에는 다양한 맥주를 파는 것도 좋겠다.

책이 어렵다는 고정관념을 깨부수는 그런 책방이 되고 싶다. 처음의 시작은 작고 단순하지만, 모든 것의 시작은 작게 시작된다. 책방은 책방지기와 책방에 오는 사람들이 함께 만들어가는 공간이다. 아이들의 웃음소리와 사람들의 발걸음으로 채워진다. 나는 책방에 오는 이들을 진심으로 반기고 대하려고 한다. 추운 겨울 날씨에도 매번 매주 수업에 빠지지 않고 오는 분들에게 감사하다. 최고그림책방 가고 싶다며 노래 부르는 아이와 가족 모두가 책방에 방문해주는 일은 나에게도 기쁜 일이고 새삼 책방 열기를 잘했다는 생각이 든다. 독서 모임을 통해 아내에게서 남편에게 책의 재미가 전해졌다는 이야기를 듣고 얼마나 뿌듯했는지 모른다. 책방에 오지 않아도 책은 그런 거다. 책의 재미는 엄마를 통해 가족에게 전해진다. 책이 어렵고 책의 재미를 몰랐던 아빠가 책의 재미를 알아간다. '내 책'이라고 말하며 손에 꼭 붙든다. 차에서 잠든 아이의 손에는 놓칠세라 꼭 붙든 책이 있다. 책으로 사랑을 전하고 책의 향기를 전한다.

2023년 8월에 문을 연 최고그림책방에 와주신 모든 분께 이 자리를 빌려 감사하다는 인사를 전합니다. 내년에도 좋은 책들과 함께할 수 있는 자리를 마련해보겠습니다. 함께해주실 거지요? 최고그림책방의 주인공은 바로 여러분입니다. 최고그림책방을 사랑해주셔서 진심으로 감사드립니다.

아뿔싸! 비 오는 날의 택배

상가를 돌아다닐 때 미처 생각하지 못한 것이 있다. 내가 상가를 구할 때 위치와 역에서의 거리, 그리고 가장 중요한 월세라는 측면을 위주로 생각했다. 가능한 역에서 가까웠으면 좋겠고 저렴했으면 좋겠고 일 층에 있어서 시야에 들어왔으면 좋겠다는 생각이 가장 컸다. 자영업을 해본 적도 없고 책방을 운영해본 적도 없으니 당연한 시야였다. 나의 관점에서는 월세와 위치, 두 가지가 관건이었다. 실제 책방을 운영하면서 맞닥뜨리게 되는 것 중의 하나는 바로 책 택배였다. 일주일 한두 번은 택배가 온다. 일반 물품도 오고 책방이니 당연히 책도 많이 온다.

책방은 김포 구래역에서 가깝고 일 층에 있다. 사실 상가를 볼 때 위에 천장까지 훑어보지는 않는다. 이층에서 연결되는 다리가 있으면 모르겠지만, 대부분은 비어있다는 사실을 망각했다. 아닌 게 아니라, 실제 책방 바로 옆 매장은 이층다리가 연결되는 아래쪽에 있어서 비가 오는 날 비를 피할 수 있었다! 심지어 지금도 공실이다. 구래역에 예미지 상가는 공실이 여전히 많다. 인적이 드문 곳이기도 하고 그에 비해 월세 부담이 높은 곳이기도 하다. 마음만 먹으면 그중에서 골라서 들어갈 수 있는 상가이기도 하다.

어느 날 비가 많이 왔다. 8월 중순에 책방을 오픈했고 그 당시 장마 시기와 겹쳐있었다. 평소와 다름없이 택배를 주문했고 책을 기다렸다. 다음날 비가 내리기 시작했다. 순간 머릿속에 스쳐 지나가는 생각, 아! 책 택배!! 책은 종이라서 비에 맞으면 당연히 젖는다. 심지어 나는 책을 팔아 먹고살아야 하는 책방 주인 아닌가? 택배가 도착했을 거라는 생각에 부리나케 집 근처 매장으로 달려갔다. 에어컨이 설치된 부근에 놓아둔다면 그나마 비를 피할 수 있었겠지만 (이층 통로와 연결된 부위는 다행히 비를 막아주었다. 나의 매장 반쪽은 비가 들어오고 반쪽은 비가 들어오지 않았다!) 내가 도착했을 당시 책 택배 상자는 잔잔히 내려오는 비를 맞고 있었다.

택배 상자를 보자마자 집어 들어 안으로 가지고 왔다. 이미 젖은 상자를 풀어보니 맨 위 칸에 있던 책의 가장자리 부분이 젖어있었다. 다행히 책 전체가 젖지 않아서 다행이었다. 내가 주문한 책과 함께 사은품으로 지급해준 도서가 있었는데 그 도서에 비가 조금 스며들어있었다. 판매할 책에는 비에 맞은 흔적이 없어 다행이었다. 그날의 경험으로 그날 이후 나는 책 택배를 무조건 집으로 주문했다. 도보로 10분 남짓의 가까운 거리에 있고 27층 아파트 내부라서 비에 맞을 걱정이 없었다. 책 주문하면서 비에 맞을 수도 있다고 생각해본 적이 없었다. 이번 일을 계기로 다음 상가를 계약할 때는 내부에 있는 곳이나 비를 막아주는 공간을 고려해야겠다고 다짐했다. 사실 캐노피를 설치하거나 다른 방법을 찾아볼 수도 있지만 바깥 외부는 강풍이나 폭설 등에도 대비해야 한다. 급기야 책방 외부 시설을 설치해도 강풍이나 거센 비바람으로 책이 젖어버릴 수 있는 상황이 생길 수 있었다. 혹은 보관장소가 별도로 마련되어 있는 공간에 놓아달라고 택배 측에 요청할 수도 있겠다.

다른 매장도 죽 둘러보았다. 나처럼 외부에 있는 매장들은 거의 다 오픈되어 있었다. 비가 오면 막아주는 시설이나 설치를 한 곳은 거의 드물었다. 궁금해졌다. 비가 오는 날은 어디에 택배 상자를 놓아두지? 옷 가게들도 옷이 젖지는 않을까? 별의별 생각이 머릿속을 스쳐 간다. 나처럼 비가 오는 날을 생각하지 못했던 건 아닐까? 캐노피를 설치하기에는 비용이 생각보다 많이 들지는 않을까? 묘한 동질감이 들었다. 자영업이라는 세계에 뛰어들면서, 그리고 월세를 내는 입장이 되면서 다른 가게나 상점에도 관심이 생겼고 '우리는 자영업'이라는 공통점을 바득바득 찾아보려고 애쓴다.

직장인과 자영업을 선을 그어 구분하는 건 아니지만, 직장인으로 평생 살다가 자영업이라는 세계에 뛰어들어 이런저런 일들을 겪어내는 중이다. 그래서 지금은 자영업을 하는 이들의 삶에 더욱 눈이 간다. 요즘처럼 경기가 안 좋다는 말을 들을 때면 아, 저도 그래요. 라고 맞장구를 치기도 하는데 반가운 소리일 리는 없다. 직장인에서 자영업으로 넘어오는 과정이 쉽지는 않았다. 모든 이들이 그랬을 것이다. 어쩔 수 없이, 자영업이 아니면 안 되어서, 뭐라고 창업해서 돈을 벌어야 하니까 등등의 이유로 자영업의 세계로 들어온다. 내가 가진 재산과 대출을 끌어다 모든 것을 쏟아붓는 것이 자영업이기도 하다. 기회를 보았거나 오랜 기간 구상해왔거나, 이것이 전부라는 절박함에 나만의 작은 사업을 시작하기도 한다. 이유는 각자 다양하고 다르겠지만, 모든 것을 쏟아부을 정도의 의지와 노력, 정성, 시간을 쏟아붓는 일이기도 하다. 한마디로 만만찮은 일이다. 그렇다고 못 할 건 없다. 그런데도 '내가 해야 하는 일'이라면 하는 거다. 해보고 부딪혀보고 깨져도 보고, 이런저런 일들도 겪어보면서 '나라는 사람'도 성장하는 것일 테니까.

요즘도 나는 책을 실어다 나른다. 집으로 온 택배 상자를 차에 다 싣고 손수레를 끌면서 책방으로 실어 나른다. 가끔 이게 도대체 뭐 하는 짓인가 싶은 생각이 들 때도 있다. 관리실에 맡기기도 애매한 위치이고 기사님에게 반쪽 공간에 놔두시라고 요청하기도 애매하다. (비바람이 몰아치는 날에는 그마저도 젖어버릴 수 있기에) 책이 집에 도착하는 날은 급한 경우가 아니라면 시간상으로 여유가 될 때 책방으로 옮긴다.

독서 모임이 열리는 날, 다음 책이 급하게 필요했다. 독서 모임을 하다가 잠시 책을 보는 시간을 가지고 나는 부랴부랴 책을 가지러 집에 다녀온 적이 있다. 주차된 차량에 잠시 다녀오겠다는 말을 남기고 집에 다녀왔다. 아마 이 글을 보면서 눈치를 챘을 거다. 그래서 그때 늦게 왔구나~ 하고 말이다. 가까운 거리이긴 하지만, 집이 27층이라 엘리베이터 기다리는 시간이 생각보다 너무 오래 걸린다. 고마운 택배 전달시간과 맞물리기라도 하면 시간은 더욱더 오래 걸린다. 책을 두 번 나르는 일이 생각보다 쉽지 않다. 이 또한 경험해봐야 알 수 있는 일이었다. 어느 책에서 '비가 오는 날의 택배를 생각하면서 매장을 계약하세요.' 라고 알려주겠는가? 매장이 일 층이라서 좋은 점만 있을 줄 알았는데 의외의 복병이 있었다.

나는 벌레를 싫어한다. 파리, 모기, 거미, 바퀴벌레까지. 다양한 벌레와 곤충을 접해본 적이 없어서인지 더더욱 벌레는 싫고 무섭기도 하다. 파닥거리는 나방은 어떤가. 그에 비해 남편은 덤덤하다. 내가 호들갑을 떤다고 생각한다. 아마 나보다 남편은 벌레를 마주한 적이 더욱 많았을 테고 친숙할지도 모른다. 일 층에 문을 연 책방에는 수시로 벌레들이 방문했다. 내가 전혀 생각지 않았던 의외의 고충이 바로 벌레였다.

특히 무더웠던 여름에는 땅과 바로 마주 닿은 곳에 있어서 스멀스멀 책방 안쪽으로 벌레들이 기어들어 왔다. 밤새 들어온 벌레들로 다음날 청소하려고 보면 벌레들이 자주 보인다. 책방 안쪽에 간접조명을 켜두고 가서인지 (홍보 차원에서 켜두고 있다) 불빛을 보고 더 들어오는 것 같다. 벌레들을 차마 죽이지는 못하고 빗자루로 쓸어 담는다. 한번은 책방 앞에 세워둔 입간판 위에 정말 커다란 사마귀가 매달려있는 것이 아닌가?! 속으로 비명을 내질렀다. 맙소사!!!

누구에게 부탁할 수도 없고 당장 이 사마귀를 처치해야만 했다. 내 책방에서 몰아내야만 했다. 책방에는 나 혼자이고 모든 걸 처리해야 했다. 가만히 그저 가만히 지켜만 보았다. 다른 장소로 알아서 가주기를 바라고 바랐다. 아침에도 오후에도 해가 질 때까지 입간판 위에 그대로 있었다. 속으로 불안감을 달래며 그렇게 그날은 퇴근하고 그다음 날 와보니 사마귀가 죽어있었다.

심지어 책방 문 안쪽에 사마귀시체가 덩그러니 있는 게 아닌가? 오 마이 갓갓 !!! 책방 운영에 관한 모색을 하기에도 바쁜데 벌레 생각이라니. 제발 다른 곳으로 가길 바랐던 사마귀는 책방 안쪽에 놓여있었다. 몇 시간이고 바라보다가 결심했다. 빗자루를 들었다. 정말 있는 용기를 다 끌어모은 것 같다. 옮기다가 움직이면 어떡하지? 파닥거리고 날아서 나에게 오면 어떡하지? 별의 별 생각이 다 들었다. 사마귀에게 잠시 미안한 마음을 전하고 힘껏 빗자루를 들었다. 그리고 휘이휘이 저었다. 사마귀를 책방 바깥쪽으로 치우는 데 성공했다.

벌레와의 사투는 앞으로 계속될 것이다. 비가 오는 날의 택배 상자 옮기는 일도 당분간은 계속될 것이다. 최근에는 눈이 엄청나게 와서 난생처음으로 '내 매장 앞의 눈'을 치워보았다. 이것이 말로만 듣던 '내매장 앞은 내가 치우자' 였다. 눈을 쓸기에는 적당하지 않게 흐물흐물하는 빗자루지만, 나름 매장 앞의 눈을 치우는 데 성공했다. 해가 쨍한 날도 비가 오는 날도 눈이 펑펑 오는 날도 책방 문을 열고 있다. 아침 출근길에 해가 쨍하니 나의 책방을 비추고 있을 때가 기분이 좋다. 오늘은 또 어떤 손님이 올까? 어떤 책을 권해줄까? 눈이 오는 거리를 치운 마음으로, 책의 손길이 닿은 마음으로 오늘도 나는 책을 전하고 미소를 전한다.

쉬는 날에도 간판 불을 켜둡니다

책방을 운영하다 보니 다른 가게나 매장이 눈에 들어온다. 아주 작은 것이라도 예전처럼 무심이 지나치지 못한다. 쪽지 하나에 붙여둔 메모 하나에 눈길이 간다. 내가 직장인으로 살 때와는 사뭇 다른 태도와 느낌이다. 사실 직장에서 일할 때는 아무리 '주인의식'을 가지려고 노력해봐도 몸이 따라주지 않았다. 나는 월급 받는 사람의 입장이요. 주어진 일만 해낼 것이요 라는 마음이 강했다. 말 잘 듣는 직원일 뿐이었다.

그랬던 내가 달라졌다. 하루하루 벌어 먹고살아야 하는 (꼬박꼬박 월급이 나오지 않는) 자영업의 신분이 된 것이다. 간호사로 일할 때는 입기 싫었던 유니폼을 벗어 던졌다. 대신 자영업이라는 옷을 입었다. 나는 틀에 정해져 있는 걸 싫어했던 것 같다. 다른 사람들은 유니폼을 좋아하고 입고 싶어 하는 사람들도 있다는데 나는 이해가 되질 않았다. 물론 스튜어디스나 정말 매력적으로 유니폼을 입은 경우는 눈이 반짝이기도 했지만, 일반적으로 생각하는 유니폼은 나에게 와 닿지 않았다. 유니폼이 싫었던 게 아니라 간호사가 싫었던 게 아닐까? 지금에 와서 생각해본다.

아이를 데리러 가는 길에 잠시 정차하는 구간에서 보이는 옷 가게가 있었다. 아침 등원 시간에도 저녁 하원 시간에도 늘 불이 켜져 있었다. 운영시간이 아님에도 불구하고 가게 안쪽이 보이도록 (진열된 옷이 보였다) 간접조명을 켜둔 것이다. 그러면 한 번 더 눈이 가게 되는 거다.

나 역시 같은 생각을 했다. 지금의 책방 위치가 바깥에서 보이는 구조는 아니다. 안쪽 골목길을 따라서 한참을 들어와야 한다. 더욱이 고개를 한참 올려야 보이는 간판은 오렌지빛이라 눈에 잘 들어오지 않는다. 그런데도 나는 운영시간 외에도 간판과 조명을 켜둔다. 최고그림책방이라는 곳이 있다는 걸 보이고 알리고 싶어서다. 오픈한 지 얼마 안 되었을 때도 그랬지만, 어쩌면 앞으로도 간접조명은 쉬는 날에도 계속 켜두고 싶다.

책방 앞으로 지나가는 사람 중에 단 한 명이라도 '최고그림책방'을 인지하지 않을까? 생각해서다. 불이 켜져 있다는 것은 나를 알리고 싶다는 이야기다. 여기 책방이 있어요! 여기 등대가 있어요! (그림책 모임에서 나누었던 등대그림책도 같은 결의 이야기가 형성된다) 라고 외친다. 장사가 잘되든 잘되지 않든 매출이 있든 없든, 책방이라는 존재를 알리려고 나는 알음알음 노력한다.

나는 불이 켜져 있던 옷 가게를 방문했다. 내가 예상했던 스타일의 옷은 아니었지만, 매장 주인과 이런저런 이야기를 나누었다. 매일 입고 지낸 옷 이야기부터, 잘나가는 옷, 할인행사가 들어간 옷, 인기 있는 옷부터 내가 운영하는 최고그림책방에 관한 이야기도 나누었다. 자녀들을 위한 성교육 이야기도 전하면서 우리는 어느새 다양한 이야기를 나누게 되었다.

불이 켜져 있어서 한 번쯤 꼭 와보고 싶었다는 이야기도 전했다. 스스로 자기 삶을 살아가는 이야기는 물론 자영업에만 해당하지 않는다. 오늘 책방에 방문한 반가운 얼굴이 있었다. 기쁨 님은 (필명) 오랜만에 책방에 방문했다. 공저 과정을 등록하고 매주 글쓰기를 배우면서 최근까지 원고작업을 마무리하고 있었다. 7년 동안 다니던 직장에서 주어진 일만 하고 하루하루를 치열하게 살았다고 했다.

자신이 무엇을 좋아하고 관심이 있는지, 생각해볼 겨를 없이 시간을 보낸 기쁨 님은 이제서야 자기 삶을 돌아보게 되었다고 말했다. 면접을 여러 군데를 보고 사람을 만나고, 그 만남에서 보고 느끼고 경험한 것들을 함께 풀어냈다. 어느 날은 펑펑 울었고 어느 날은 정말 마음이 좋았다는 이야기를 전한다.

길거리에 쓰레기를 줍는 일을 자원봉사하고 나무를 심는 일도 혼자서도 묵묵히 해내는 기쁨 님을 보면서 참 마음이 아름답고 따듯한 사람이라는 느낌을 받았다. 이제까지 속 시원히 말하지 못했던 자신의 약점도 강점으로 바라봐주는 사람을 만날 수 있다는 걸 깨달은 그녀의 모습은 참으로 행복해 보였다. 인생의 선택권을 내가 주도적으로 가지고 왔을 때의 기쁨을 온전히 느끼고 있었다.

<마음 여행> 이라는 그림책을 집어 드는 그녀의 모습에서 행복감이 살며시 묻어난다. 나를 있는 그대로 바라봐주는 연습, 나를 있는 그대로 바라봐주는 사람, 나를 있는 그대로 사랑해주는 사람. 직장생활도, 프리랜서도, 자영업자의 삶도 주부로서의 삶도 우리 모두에게 필요한 덕목이 아닐까? 학창 시절 방학 동안 동그란 틀 안에서 생활계획표를 짤 때를 생각해보자. 잠자고 먹고 공부하거나 놀고 씻고 다시 잠을 잔다.

각자 다른 인생의 사이클에서 매일의 루틴은 다를 것이다. 가만히 멍때리는 시간, 깜깜한 새벽 노트북을 바라보는 시간, 아무것도 하지 않는 시간, 커피 한잔 마시는 시간, 아이를 등원하는

폭풍 같은 시간, 고요한 시간, 일하는 시간, 점심시간, 삼각김밥을 먹는 시간, 아이와 함께하는 시간, 잠시 외출하는 시간 등등.

내가 주도적으로 삶을 이끈다는 건 뭘까? 나의 선택에 책임을 지고 이것도 해보고 저것도 해본다. 예전에는 하나를 시도할 때까지 두려움이 매우 컸지만, 지금은 한번 해볼까? 시작하고 시도하고 도전해보는 마음이 조금은 가벼워진 것 같다. 시도하고 고치고 보완하고 개선해나간다. 처음부터 완벽이라는 건 불가능하다는 걸 안다.

검색해서 아는 것과 내가 실제로 해보면서 아는 것은 정말 다르다. '해봤어?'라는 말에는 그 사람의 진심이 들어가 있다. 실제로 해본 사람들은 안다. 부딪히고 물어물어 배워가면서 몸으로 익힌 값어치와 가치를 안다.

그런 사람들이 전문가가 되어간다. 몸소 체득하고 경험한 것들을 쉽게 사라지지 않는다. 다 내 안에 남는다. 내가 경험하고 느낀 것들을 글로 적어 내려가면 나만의 원고가 되고 메시지가 된다. 그 메시지가 다른 사람들에게 또 전해진다.

오늘 기쁨 님이 글을 쓰면서 자신을 되돌아보고 생각이 정리되었다는 말을 한 것처럼, 나 역시 그랬다. 책을 읽고 책을 쓰기 시작하면서 불확실했던 나만의 메시지가 정제되고 모양을 갖추어나가기 시작했다. 막연히 꿈꾸는 책방이라는 꿈을 실현했고,

나만의 책방이 누군가의 꿈이 되기도 한다.

그래서 나는 오늘도 나의 경험과 이야기를 적어 내려간다. 나에게는 흔히 있는 일이지만, 누군가에게는 나의 이야기가 꿈이 되고 희망이 되리라는 것을 안다. 쉬는 날에도 나의 책방은 불이 켜져 있다. 깜깜한 어둠 속에서 빛나는 등불처럼, 나 또한 누군가의 길이 되고 싶다. 자박자박 걸어가는 눈길 위에 첫 발자국처럼, 최고그림책방은 많은 사람에게 책의 즐거움을 전할 것이다.

전단지를 홀대받는 순간

나는 책방을 운영하고 있다. 집안의 한쪽 박스 안에는 아직도 책방 전단지가 많다. 미리 캔버스로 전단지를 만들 수 있어서 각종 자료를 다양하게 제작하고 있다. 내가 필요한 건 내가 만드는 게 낫다고 생각한다. 명함도, 예비간판도 (이전 글 참조), 각종 리플렛이나 포스터도 내가 제작하고 붙여둔다. 나름의 정성을 들이면서 하나씩 만들어가는 재미도 있다. 책방을 열고 가장 먼저 만든 것 중의 하나가 바로 전단이다.

최근 2단짜리 리플렛을 만들기도 했다. 내가 운영하는 책방에서는 책 판매뿐만 아니라 다양한 강의와 모임 수업이 진행되고 있다. 일일이 물어보거나, <최고그림책방> 네이버 카페에 가입하지 않더라도 쉽게 볼 수 있게 제작했다. 한쪽 면에는 내가 하는 인스타, 블로그, 네이버 카페에 관한 정보를 올리고, 다른 쪽에는 강의 모임 수업에 관한 메뉴를 올려두었다. 책방에 오시는 분들이 '잘 만들어 둔' 리플렛을 가지고 갈 때 흐뭇하다.

내가 주고자 하는 메시지가 찰떡처럼 맞아 떨어지는 순간들이 있다. 책방에 와서 글쓰기 수업을 듣고 책 쓰기 과정을 등록하는 과정이 그렇다. 글쓰기는 사실 누구에게나 필요하다. 잘 쓰든 못 쓰든 그게 중요한 게 아니다. 누가 조금이라도 일찍 써둔 글을 '책으로 펴내느냐가' 관건이다. 글쓰기 수업을 들으러 오는 분들도 마찬가지다. 처음에는 글쓰기에 관해 두려운 마음을 가졌던 분들이 매주 회차가 진행될수록 글의 분량이 늘어나고 글쓰기에 재미를 붙이는 것도 과언이 아니다. 정말 재미있다고 말한다.

10~15분이라는 정해진 시간 동안 '나의 글'을 펴내는 일은 실로 재미있다. 많은 생각과 고민은 던져버리고, 지금의 내 일상을 글로 표현하는 일이다. 우리가 인스타를 하거나 각종 커뮤니티에 댓글을 다는 것처럼 글도 매한가지다. 다만 책으로 펴내는 원고를 적을 때에는 원고 분량이 최우선이다. 이 글이 나중에 책의 원고로 나오든 과감히 삭제되든, 일단 적는 게 중요하다. 원고의 분량이 한 페이지 두 페이지 채워지면 그 후에 생각해볼 문제다. 맞춤법도 그렇다. 처음부터 맞춤법, 단어 하나하나에 신경 쓸 필요가 전혀 없다.

한글파일에서 2페이지 이상의 원고 분량을 쓴 다음 마지막에 맞춤법 검사기로 돌리고, 한번 읽어보면서 고쳐나가면 된다. 글쓰기 수업이나 특강에서 전하는 이야기가 바로 이거다. 일단 쓰세요. 원고 분량을 채우세요. 키워드를 찾고 어떤 내용을 서로 이야기했는지 생각하고, 그 내용을 글로 적으세요 라고 말한다.

글쓰기에 관심을 두는 사람, 아이들 성교육에 관심을 가지는 사람, 독서 모임이나 영어 필사에 관심을 가지는 사람, 책이 좋은 사람이 나의 책방에 방문한다. 잘 만들어둔 명함을 가져가기도 하고, 2단짜리 리플렛을 가지고 가기도 한다. 필요한 사람에게 필요한 자료가 된 듯한 기분이 들어서 기쁘다.

자영업을 시작하면 자영업이 눈에 보인다. 내가 구래동에 책방을 열고 인근 주변부터 돌아보기 시작했다. 전단지와 리플렛을 가지고 가게나 매장을 방문하기도 한다. 사장님의 웃는 얼굴이 보이는가 하면, 우울하거나 무표정의 얼굴이 보이기도 한다. 어제도 그랬다.

구래동 햇빵 집은 롤 식빵이 정말 맛있는 빵집이다. 내가 블로그에도 여러 번 언급할 정도로 빵도 맛있고 사장님 부부도 정말 친절하다. 새벽 3~4시부터 빵집에 출근해서 빵을 만든다고 하는데, 늘 웃음이 떠나지 않는다. 속으로 매번 대단하다고 생각한다. 아이들이 좋아하는 초코빵을 집어 들고, 인사를 건넨다. 2단짜리 책방 리플렛을 건넨다. 사장님은 자세히 살펴본다.

"직접 만들었어요?"

"네. 제가 다 직접 만들어요~ 수업도 해요!"

빵집 사장님과 도란도란 리플렛 이야기를 나눈다. 나의 책방에 늘 관심이 두고, 이전에 내가 전한 책방 전단지를 빵집 대기석 바로 앞에 붙여두기도 한다. 빵 관련 그림책을 처음 빵집에 진열하기로 했을 때도 적극적으로 환영해주었다. 나는 이 빵집이 정말 좋다. 빵도 맛있고 햇빵 처럼 늘 웃어준다. 구래역 2번 출구에서 5분 거리에 (호수공원 가는 방향에) 햇빵집이 있는데 꼭 방문해 보았으면 좋겠다. 내가 진열해둔 빵 그림책은 아이들에게도 인기 만점이다.

하지만 다 이런 반응은 아니다. 과일을 사면서 (평소 한 번씩 인사를 나누기는 했다) 똑같은 리플렛을 보시라고 전해드렸다. 무덤덤한 반응에 왠지 바로 종이 쓰레기통으로 향할 것 같은 느낌을 받았다. 가게 운영하면서 쉽지 않다는 건 알지만, 그래도 한 번쯤은 내용을 들추어볼 만한데 내 마음 같지는 않았다. 내색은 하지 않았지만, 괜히 더 서운한 기분이 들었다. 처음 보는 사람이나, 평소 인사를 안 나누었다면 그러려니 할 텐데.

나름 준비해간 리플렛이 '괜히 드렸나?' 하는 생각도 드는 거다. 전단지와 리플렛은 사실 단가 차이도 꽤 크다. 본전 생각을 또 하지 않을 수가 없다. 내가 생각하는 가치와 상대방이 필요한 가치가 다르다면, 이런 반응쯤은 익숙해져야 할 것이다. 나는 지금 배가 고픈데, 책을 권한다면 그 사람으로서는 '필요 없는' 가치가 되는 거다.

전단지를 만들고 전단지를 붙이던 날이 있었다. 상가마다 돌아다니며 엘리베이터를 기다리는 순간에 나의 책방이 눈에 들어오기를 바라면서 층층이 붙이고 온 시간도 있었다. 아파트단지를 돌면서 (비밀번호가 없는 아파트단지 입구) 우편함에 전단지를 접어 넣어두기도 오기도 했다. 이런 일을 다 직접 하세요? 라고 묻는다면, 이런 일도 다 직접 한다고 말한다. 아르바이트를 고용할 수도 있지만, 처음 생기고 수입도 일정치 않은 상황에서 사람을 채용하는 것도 지금의 상황에서 맞지 않는다. 무엇보다 내가 할 수 있는 일은 '내가 직접 경험하고 부딪히면서' 알게 되는 것들이 또 있다.

10명 중에 단 한 명이라도 봐준다면 감사하다. 해맑게 웃어주는 빵집 사장님처럼, 나도 누군가에게 '당신이 필요한 메시지를 전하는' 책방지기로 밝게 다가가려고 한다. 최근에 읽은 어느 책에서 이야기했다. 주변이 다 부정적인 분위기라 하더라도, 내가 더 많이 다가가고 밝게 웃는 긍정의 힘을 가지고 있다면 (내가 강해진다면) 그 주변의 분위기도 바뀔 수 있을 거라고 했다.

지금 문득 저녁 시간 찾아간 편의점에서 밝게 웃던 청년이 생각난다. 아르바이트하고 있던 그 청년은 인사성도 밝고 (대부분은 편의점에 들어가도 심드렁한 경우가 많다) 목소리도 우렁차서 더 눈길이 갔다. 나도 한 번 더 인사해주고 근처에서 책방을 하고 있다고, 다음에 놀러 오라고 오지랖 아닌 오지랖을 떨었다.

전단지를 챙기면서 나의 메시지가 도움이 되길 바란다. 내가 전하는 메시지와 가치가 누군가에게는 도움이 될 것이기 때문이다. 무분별한 전단지는 눈살을 찌푸리게 하기도 하고 외관상 보기 좋지 않은 때도 있다. 하지만 시도조차 안 해보고 '책방이 있었어?'라는 말은 듣기 싫었다.

아~ 구래역 근처에 그림책방이 있었지. 거기서 책 쓰기도 가르친대.

누군가 알아주고 말해주는 것만으로 충분하다. 나 역시 '지금 나에게 필요 없는' 전단지는 종이로 분류한다. 나의 관심사나 평소 생각해둔 아이템이 전단지를 통해 눈에 들어오는 순간도 있다. 혹여라도 전단지 하나에 너무 마음 쓰지 말자. 내가 필요해서 만들었고, 단 한 명이라도 내 전단지를 받아주고 봐주는 사람이 있다면 그걸로 감사한 일이다. 책의 메시지를 전하고 김포에서 책 쓰기를 함께하자는 나의 가치가 언젠간 사람들을 통해 빛을 내는 순간이 올 것이라 믿는다.

현장에서 종일 자리를 지키며, 단 한 명의 손님을 위해 애쓰시는 자영업 사장님들을 응원합니다.

마음껏 이루어지리라

내가 책방을 꿈꾸었던 결정적 계기들이 있었다. 카페를 방문했는데 일하는 엄마 곁에 아이가 조물조물 클레이 놀이를 하고 있었다. 방문간호사로 일하던 시절, 나는 양압기를 사용하는 사람들에게 방문해서 교육을 주로 했는데 많은 지역을 돌아다녔고 많은 사람을 만났다. 고객과의 약속 시간을 지키기 위해서 일찍 도착한 날에는 종종 가까운 카페를 방문하곤 했다. 그날도 그랬다.

엄마의 곁에서 거의 매일같이 많은 시간을 보내고 있을 아이의 모습에서 나의 아이들이 생각났다. 다행히 방문간호사로 일하는 동안 (고객과의 약속 시간을 정하면 되기 때문에) 시간은 자유로운 편이었지만, 장거리 외근이 있거나 회사에서 업무처리를 해야 할 때는 늘 자유로운 일탈을 꿈꾸었다.

현실적인 문제를 차치하고서라도 엄마가 책방을 하면 좋은 이유에 대해 생각해보았다.

1. 내 사업장이라 눈치 안 보고 아이들과 함께할 수 있다

맞다. 이 부분이 제일 크다. 내가 오너이고 내가 주인이다. 사장이 있는 것도 아니고 대표가 있는 것도 아니다. 자그마한 책방이기에 늘 오고 가는 단골손님들이 생겨난다. 아이와 함께하는 시간에 (그림책방이라) 아이들이 주로 오는데, 함께 놀기도 한다. 유튜브를 함께 시청하기도 한다.

어린이집이나 유치원 등의 기관에 다니지 않아도 이곳에서만큼은 아이들을 자주 만날 수 있다. 생각보다 가정 보육하는 가정도 종종 있다. 기관에 다니기 시작하면 아이들은 자주 아프다. 감기에 걸리고 폐렴까지 심해지기도 한다. 첫째도 그랬고 둘째 아이도 그랬다.

아이들이 아픈 날에는 더욱 속상했다. 내가 병원에서 장시간 일하고 있는 동안, 어린이집에서 (유치원에서) 아이는 열이 오르고 해열제를 먹고 버티고 있었다. 그런 날들이 자주 많이 일어나곤 했는데 그때마다 '내가 뭐 하는 짓인가?' 하는 생각이 불쑥불

쑥 고개를 드밀었다.

보통 대여섯 살까지는 아이들은 잔병치레한다. 가벼운 감기에서부터 수족구병, 코로나에 이르기까지 다양한 질병과 싸우고 또 이긴다. 면역이 생기는 5살 무렵까지는 아프면서 성장한다는 말이 있다. 그 사실을 알면서도 아이가 아픈 그 순간에 집에서 쉴 수 없음에 나는 한탄했고 속상했다. 죄책감을 느끼게 될 수밖에 없었다.

물론 자영업을 한다고 해서 아이가 아프다고 마음껏 쉴 수 있다거나 놀 수는 없다. 문을 닫을 수도 없고 아이만 바라볼 수는 없다. 업종이나 분야에 따라서는 (일반 직장의 연차를 내거나 하기 어려운 경우에 비해서) 내 사업장 내에서는 병원 가기 위한 시간 조절 정도는 가능하다.

2. 시간이 자유로운 편이라서 아이들의 일정에 가능한 참석할 수 있다

아이들의 졸업식이나 유치원 입학식 등 아이들의 일정에 가능한 맞출 수가 있다. 주 5일~주 6일제 병원, 회사를 경험하면서 연차나 반차를 내는 일이 얼마나 어려운 일인지 알았다. 이 또한 직장이나 업무 분야에 따라 굉장히 다르다.

내가 근무하는 직장의 오너도 대체인력을 둘 수 없는 상황이고

필요한 곳에 적합한 인력 채용을 한다. 내가 직원을 고용한다고 생각했을 때, 내 사업장이 잘 굴러가도록 최소한의 인력을 두는 것이 맞다. 외래부서에서 근무하는 동안 외래직원 한 명이 개인 사정으로 출근하지 못하는 날에는 굉장히 긴장하게 된다.

담당 부서별로 내과, 외과, 소아·청소년과 등 최소한의 인력으로 운영되는데 공백으로 인해 갑자기 다른 부서로 배치되는 날에는 (모든 과를 아는 것이 아니기에) 실수라도 하지 않을까? 과별 과장님의 사인을 놓치게 되지는 않을까? 염려하게 되는 것이다.

시간이 자유롭다는 건 (특히 책방 중에는 의외로 한적한 동네에는 무인으로 운영하는 곳이 많다) 그만큼 책임감이 따른다. 혹시나 무인으로 열어두었을 경우, 누가 책을 훔쳐 가지는 않을까? 그런 위험을 감수할 수 있는가? 에 대한 물음이기도 하다.

프리랜서라는 직군 또한 시간은 내가 조절하면서 사용할 수 있지만, 내가 하는 일만큼 수입이 들어오게 된다. 수입이 많이 필요하다면 일의 양을 늘려야만 할 것이고, 아이들과 자신의 시간이 더 필요하다면 일의 양을 줄여야 한다. 마치 시소 타기처럼 나의 시간과 수입의 배분을 왔다 갔다 조절하는 것 같다.

지금의 책방을 운영하면서 개인적인 일이 있거나, 근근이 필요한 것들을 사기 위해 외출이 필요한 날은 책방 운영시간 내에는

'무인 책방' 팻말을 걸어두고 자리를 비운다.

일률적으로 유치원이나 어린이집에서 정해지는 일정에 조바심 내지 않아도 된다. 연차를 내기 위해 눈치 보지 않아도 된다. 아이들과의 일정을 챙기면서 대신 밤중에라도 책 쓰기 일정을 챙긴다든지, 함께 책 쓰기에 참여하는 사람들의 원고를 들여다본다. 내가 원하는 시간을 챙기고 그 대신 24시간 동안 일의 연속성은 유지하는 것이다.

3. 책과 문구류를 저렴하게 들여올 수 있다

초등학교 시절 학교 앞에는 문방구가 참 많았다. 뽑기나 다양한 게임도 즐비했다. 문방구가 유일한 간식 창고였고 놀이터였다. 방방이도 재미있게 탔던 기억이 난다. 대부분은 한 번쯤 꿈꾸었을 문방구 사장, 나 역시 문방구에서 사장으로 일하면 어떨까? 하는 생각을 잠시 했던 것 같다.

책방을 차리고 도매서점계약을 하면서 문방구 잡화 도매계약이 가능하다는 사실을 알게 되었다. 내가 중요하게 생각하는 것은 품질이다. 옷 하나를 사도 한번 입고 버리게 되는 옷이 아니라, 두고두고 만지면 기분 좋은 품질이 유지되는 옷이 좋다.

문구류도 그렇다. 내가 사용하는 볼펜이나 노트, 아이템은 품질이 좋아야 오래 사용하게 된다. 그래서 펜 하나를 고를 때에도 꼼꼼히 따져보게 된다. 다행히 내가 거래하는 B2B 업체는 종류도 다양하고 품질도 좋은 편이었다.

아이들에게 필요한 텀블러, 학용품은 물론이고 장난감에 이르기까지 다양한 물건이 존재했다. 책방 손님들에게 전하고 싶은 선물도 눈에 들어온다. 가끔 책방에 찾아오는 분들을 위해 이벤트를 연다. 아이들이 찾아오는 경우를 위해 신비아파트 부릉이 같은 작고 귀여운 장난감도 준비해둔다.

도매서점에서만 파는 게 아닌 탁상달력도 제법 갖춰 둔다. 알게 모르게 필요한 달력은 한두 개쯤은 더 챙기는 것도 좋다는 생각이다. 생활에 필요한 물건, 크리스마스 시즌에 필요한 종이봉투, 책방 운영에 필요한 물건, 팔면 좋을 것 같은 물건들을 입고한다.

사업자를 내면서 여러 군데 도매업체를 알게 되었는데, 정말 실망한 곳도 많았다. 저렴한 가격에 물건들을 들여왔는데 실이 풀어지거나 품질이 정말 아니다 싶은 곳도 있었다.

아이들 옷도 관심이 간다. 소매업체로 넘어오기 이전의 가격이라서 한 번쯤은 책방 한구석에 아이들 옷 판매장을 작게라도 차려보고 싶은 생각이 있다. 양말, 내복, 모자, 장갑 등 시즌별로 몇 개씩 갖춰두는 것도 좋겠다.

엄마가 책방 하면 가장 좋은 이유는 바로 이게 아닐까? 늘 책이 함께하고 보든 안 보든 책 향기를 맡을 수 있고, 엄마의 온기가 느껴지는 그곳에 아이들이 드나들 수 있다는 것. 학업으로 지친 아이들이 잠시 쉬어가는 그런 공간을 마련해주고 싶다. 책방에 오는 손님들이 잠시 쉬어가고, 지친 마음을 잠시 달래어주고 '괜찮아 쉬어가도 돼'라고 손 내밀어 줄 수 있는 그런 책방이 되고 싶다.

책이 좋아 책을 읽기 시작했고 책을 읽으면서 책도 함께 쓰게 되었다. 책방을 열면서 책방에서 일어나는 소소한 이야기들을 하나둘 적어 내려간다. 누군가 책방 하나쯤 차려볼까? 라고 생각한다면 넌지시 한번 해보시라고 말해주고 싶다. 결단하고 실행하기까지 쉬운 일은 아니지만, 못할 것도 없지 않은가?

방 한 칸을 책으로 채우고 사업자를 내면 그게 바로 나만의 책방이 된다. 그곳에서 책 모임도 하고 책도 한 개 두 개 팔아보면 그게 바로 나만의 책방이 된다. 나도 그렇게 시작했다. 아주 작은 거부터 시작해 보면 된다. 책은 언제나 그렇듯 늘 필요하고 우리의 곁에 있으니까. 그런 책과 함께하는 오늘이 나는 참 좋다.

세상 모든 것이 마케팅이다

텀블벅을 다시 시작했다. 이전에 한 번 도전한 적이 있던 텀블벅. 브런치 내에 글을 검색해도 텀블벅에 관해 알 수 있다. 이전에 없던 창작물을 알리기 좋은 플랫폼이지만 그에 따른 수수료도 발생한다. 내가 창작한 책도 이에 포함된다. 특히 처음으로 책을 출간하는 출판사나 작가들에게는 이 또한 하나의 기회가 될 수 있다. 나라는 회사를 알리는 것, 나만의 회사를 설립해서 홍보하는 것, 책을 만들어서 팔고 알리는 모든 것이 마케팅이고 실제로 1인 출판사 대표인 내가 뛰어야 하는 분야다.

세상 모든 것이 마케팅이다. 내가 사용하는 화장품이 그렇고 내가 다니는 맛집이 그렇다. 내가 다니는 곳곳이 마케팅의 장소다. 요즘 내가 만든 팸플릿을 가지고 주변 가게를 방문할 때면 하나씩 건넨다. 최고그림책방이 구래역 근처에 있다는 사실, 독서 모임이나 글쓰기 모임도 한다는 사실, 학생을 대상으로 성교육을 한다는 이런저런 소식을 자연스럽게 전한다.

텀블벅도 이에 버금가는 매체다. 이전에 내가 구매한 아이템도 그랬다. 핸드폰을 거치하기 좋고 열쇠고리로도 활용할 수 있는 작고 귀여운 도구를 구매한 적도 있었다. 쿠팡이나 네이버처럼 구매한 즉시 바로 발송이 안 되는 점도 다르다. 후원자들이 상품의 매력을 느끼고 언제쯤 발송이 될지 미리 확인한다. 일정이 변경되거나 발송이 늦어질 때는 창작자가 (글을 올린 내가) 후원자들에게 양해 메시지도 전해야 한다.

창작자와 후원자와의 약속이다. 텀블벅이라는 공간에서 상품의 이미지를 선택하고, 구상계획을 세운다. 해본 사람은 알겠지만, 이런 과정이 생소하기도 하고 처음 해보면 어렵다고 느낄 수 있다. 단계별로 작성하는 것도 생각보다 많다. 하지만 이런 과정을 하나하나 거치고 작성하면서 나의 프로젝트를 더욱 굳건히 만들어 나갈 수 있는 것도 사실이다. 쉽게 생각하지 않고, 나의 작품과 프로젝트에 사뭇 진지해지는 거다.

이전에 작성해둔 프로젝트 내용을 참고해 이번 주 내내 텀블벅에 매달렸다. 이미지가 잘 나오지 않는다고 해서 미리 캔버스에서 이미지 파일을 다시 편집하기도 했다. 디자인 선생님에게 책

표지를 의뢰하기도 했다. 사진 하나, 이미지 하나를 꼼꼼히 선택했다. 책의 표지에 실리는 이미지기에 소홀히 대할 수가 없었다. 책 표지를 의뢰하고 한시름 놓았다. 디자인 선생님이 꼼꼼히 내가 작성한 초안을 참고해 멋스럽고 감성적인 책방의 이미지를 표현해줄 것이다.

텀블벅 메인 홈페이지에서 '창업' 또는 '책방 창업' 을 검색하면 나의 프로젝트가 나온다. 작가 친필사인이 들어간 <내 인생에 한 번은 창업> 도서와 긍정 확언 메시지 카드도 함께 동봉해 보낼 예정이다. 내 책을 구매하고 관심 가져주는 분들에 대한 작은 감사함의 표현이다. 직장에 다니면서도 창업을 조금씩 계획해볼 수도 있고, 막연했던 창업이라는 분야에 대해 조금이나마 도움이 되었으면 하는 마음에 한자씩 적어 내려갔다.

나는 날마다 모든 면에서 좋아지고 있습니다.
나는 날마다 모든 면에서 나아지고 있습니다.

내가 매일 주문같이 외는 말이다. 어쩌면 창업을 하기 전보다 창업한 이후에는 마음을 더욱 단단히 다져가야 하는 과정인 것 같다. 오롯이 혼자서 모든 것을 준비하고 책임지는 대표라는 자리에서 고독하고 외롭기도 하다. 이 모든 것을 내 결정에 따라 시행하고 준비했기 때문에 그에 따른 책임도 내가 져야 하는 것이다.

이 메시지 카드 또한 텀블벅 프로젝트 도서 구매자에게 드리는 선물 메시지다. 어느 직장에서 일하든, 어느 공간에서 창업하든, 혹은 창업을 준비하든, 가게를 운영하는 모든 사장님에게 전해주고 싶은 메시지기도 하다. 벽에 붙여놓고 컴퓨터 모니터에 붙여두고 매일매일 좋아지고 있는 나의 모습을 그리고 성장을 응원하길 바란다.

마지막 선물구성은 맛있는 그림책 종합선물 세트다. 우리가 어릴 적 크리스마스나 명절에 과자 종합선물 세트가 있었다. 어릴 적 받았던 풍성한 과자 선물 세트는 나에게 좋은 기억과 추억을 선물해주었다. 그 당시의 감성을 모티브 삼아 최고그림책방에서 판매하는 맛있는 그림책 선물 세트를 준비했다. 이전에 해보지 않았던 시도이기에 텀블벅 프로젝트를 진행하면서 구성 세트를 고르고, 다양한 그림책을 준비했다.

평소 지나치기 쉬운, 편식하기 쉬운 음식들이 맛있는 그림책을 통해 아이들에게 전해진다면 아이들에게 음식을 준비하는 부모님에게도 좋은 식탁 재료가 될 것이다. 엄마가 음식을 준비하는 동안, 식탁에서 <된장찌개> 그림책을 보고 <김치가 최고야> 그림책을 들춘다. 예전 그림책 모임을 진행할 때 모임에 참여했던 어머니가 전해준 후기가 아직도 생생히 기억난다. 이렇게 색감 좋고 재미있는 그림책이 있다는 사실에 놀랐던 어머니는 <된장

찌개> 그림책을 아이에게 읽어준 후 변화를 직접 경험했다고 전했다. '파'를 싫어하던 아이가 <된장찌개> 속 파 친구를 보고 불쌍해서 먹기 시작했다고 한다. 이런 후기들만 보아도 그림책의 매력은 대단하다고 생각한다.

최고그림책방에서 좋은 그림책을 선별하고 엄마와 아이들에게 전할 때 나는 누구보다 기쁘고 뿌듯하다. 아이들의 유년 시절을, 학생 시절을 함께 지나가는 그림책들이 있어 참 다행이라는 생각이 든다. 텀블벅 홈페이지에서 책방, 창업, 책방 창업 키워드를 검색하면 나의 프로젝트가 메인화면에 나타난다. 막연히 창업이라는 길을 실제로 걷고 있는 지금, 돈 벌 궁리를 매일 생각하게 되고 매일의 생계유지를 위해 무엇을 할 수 있을까 고민하게 된다. 그리고 책 메시지를 어떻게 전할 수 있을까 궁리하게 된다.

브런치라는 플랫폼에서 창업 이야기를 연재했듯이, 책방 운영에 관한 소소한 이야기들을 이곳에 지속해서 연재하려고 한다. 단 한 사람이라도 나의 메시지를 보고, 작은 도움이라도 되길 바라는 마음에서다. 간호사에서 책방 운영자로, 이제는 출판사 대표로 나의 길을 만들고 걸어 나간다.

책을 싫어했는데 책방 주인이 되었습니다

누군가는 물 것이다. 돈을 모았는가? no 경험이 있는가? no 주변이나 지인 중에 소상공인이 있는가? no 물론 우리 주변에는 가게, 상점, 편의점 등등 크고 작은 상점들이 즐비하고 하나같이 소상공인의 길을 걷고 있다. 하지만 정작 내 주변에는 없었다. 창업이라든지 사업이라는 말을 들으면 괜히 나와는 거리가 있는, 먼 나라 저 먼 나라 우주 이야기였다. 그랬던 나에게 책방 창업은 아주 크고 무모한 도전이자 모험이었다.

책을 마냥 좋아했던 건 아니다. 나의 전작 <책 먹는 아이로 키우는 법>, <엄마 책가방 속 그림책>, <하루 10분 그림책 읽기의 힘>을 읽고 나면 독자들은 안다. 아, 정희정이라는 사람은 책을 싫어했던 사람이구나. 책과 친하지 않았던 사람이구나 하는 것들을 말이다. 맞다. 나는 책과 거리가 먼, 아주 먼 사람이었다. 학창 시절에는 만화책이나 연애 소설류 따위를 끼고 다녔던 평범한 학생에 불과했다. 내가 태어나고 자란 구미역 근처에는 레코드점과 서점이 있었는데 들어가자마자 굉장히 몹시 지루하고 따분한 경험을 하곤 했다.

도서관도 그랬다. 재미가 없고 지루하고 왠지 오래된 냄새가 풍기는 그런 곳이었다. 그런 나에게 마흔을 앞둔 어느 날, 작은 도서관에서 만난 한 권의 책은 아주 살며시 내 품속을 비집고 들어왔다. 책이 재미있다는 느낌을 처음으로 가지게 해 준 책이었다. 그리고 나는 아주 뻔뻔하고 어이없게 책이라는 세계로 들어왔다. 작은 도서관이 만만해서였을까? 주로 에세이나 자기 계발 코너를 기웃거리며 한 권씩 독파해나가기 시작했다. 책은 처음부터 끝까지 읽어내야만 하는 것인 줄 알았다. 그런데 아니었다. 그저 스르륵 읽히는 책이 있는가 하면, 굉장히 지루하고 난해하고 재미없는 그런 책도 즐비했다. 그런 책은 과감히 덮었다. 정말 재미가 없거나 나와는 생각이 다르거나, 나의 의식이 저 아래라 나와는 맞지 않았던 책이었다. 그런 책을 끙끙거리며 넘겨보았자 나에게 득이 될 게 없다는걸, 이미 난 알았다. 스르륵 읽히는 책을 읽어내기 시작했다. 그러다 보니 재미있는 책이 한 권 두 권 자꾸자꾸 생겨나기 시작했다. 좋아하는 작가도 생겼다. 나도 이랬는데! 굉장히 공감하며 읽어대던 책도 있었다.

첫아이에게 그림책을 읽어주던 시기와 내가 책을 좋아하기 시작한 시점이 얼추 맞았다. 그래서인지 책을 통해 아이에게 그림책 읽어주기가 얼마나 지대하고 위대하고 중요한 일인지를 알게 되었다. 거의 매일 첫째에게 그림책을 읽어주기 시작했다. 그렇게 탄생한 책이 <책 먹는 아이로 키우는 법>이었다. <책 먹는 여우>라는 그림책을 알 것이다. 아이를 키우는 부모라면 한 번쯤은 들어보았을 책 먹는 여우. 그 제목 그대로 책 먹는 아이처럼 책을 좋아했다.

브런치 글에 올라와 있듯이 나는 원래 수간호사였다. 바로 이번 주 월요일까지 외래파트장(수간호사)으로 근무하고 인수인계를 마무리하고 나왔다. 10월 예정이었던 책방 오픈을 더는 미루면 안 될 이유가 생겼다. 개인 사정이지만, 어찌 되었든 책방을 오픈하기로 했으니 조금 더 빨라졌을 뿐이다. 간호사를 20년 가까이 하면서 이런저런 일들도 많았고 경험과 다양한 사례도 많았다. 그리고 나는 단단해졌다. 순간마다 마음을 다하려 애썼다. 실수도 연발이었지만 물어보고 배우려고 노력했다.

여러 버전을 시도해 본 책방

그리고 나는 본격적으로 책방을 준비하기 시작했다. 근무하는 틈틈이 부동산과 연락하고, 구래역 근처로 계약했다. 김포에는 마산동, 구래동에는 책방이 없었다. 둘 사이를 한참이나 고심하다가 내가 사는 구래역으로 정했다. 비어있는 상가들이 제법 있었지만, 나의 예산과 거리 위치가 맞는 곳을 선택했다. 인테리어 실장님과 사소한 세세한 부분까지 하나하나 확인해가며 인테리어를 진행해갔다.

10평이 안 되는 조그만 책방이지만 나만의 공간도 생기고 책을 꽂고 진열할 곳이 아주 많이 생겨서 기뻤다. 무엇보다 이제 오픈된 공간에서 많고 재미있고 다양한 책들을 많은 이들과 함께 나눌 수 있어서 기뻤다. 2023년 1월 30일 나의 생일에 사업자번호를 승인받고 집주소지를 사업장 주소로 최고그림책방을 운영해왔다. 그림책 모임이나 성교육 온라인 강의를 진행하고 글쓰기 수업도 휴일이나 가끔 쉬는 날에 하기도 했다. 간호사 생활과 병행하면서 다양한 기회의 문도 두드렸는데, 김포신문에 손수건 전하기 챌린지 기사가 나기도 했다.

최근에는 신한 SOP 앱에서 엄마, 아빠 나는 어떻게 태어났어요? 라는 주제로 어린이성교육 관련 원고 글이 오픈되기도 해서 성교육을 어릴 때부터 할 수 있다는 인식을 심어줄 수 있었다. 강화도에 있는 지역 도서관에 강의 요청 메일을 보내기도 하고, 인스타나 블로그를 통해 나에게 연락해주는 기관들도 있었다. 육아하고 집안일하고 일하고 여러 가지 번잡스러운 일로 마음이 바빴지만 한 걸음씩 걸어온 보람도 있었다. 무엇이든 그렇지 않을까? 내가 해보고 안 해보고의 차이는 크다. 메일을 보내보고,

글을 써보고, 거절도 당해보고, 강의도 해보고, 다양한 기회의 문을 두드리다 보면 열 군데 중 한두 군데서는 연락이 오기도 하니까 말이다. 10번 다 퇴짜를 당했다 하더라도 그 경험들로 인해 내가 깨달을 수 있다면 그 또한 이득이다.

책방을 내기로 하고 계약하고 인테리어하고 정말 하나하나 쉬운 일은 없었다. 하지만 아직 시작도 안 했다. 포스기도 설치해야 하고 인터넷도 달아야 하고 CCTV도 설치해야 하고, 가장 중요한 책을 들이는 일. 아직 해야 할 일들이 많지만, 이제껏 그래왔듯 시간이 걸리더라도 하나씩 해보리라 다짐해본다. 소상공인 창업을 아무나 하나? 어렵게 느껴지고 나와는 다른 세상이라 생각했지만, 창업은 또 다르게 생각하면 누구나 할 수 있다. 창업을 고려할 때 가장 중요한 건 "내가 그 일에 맞는가!"이다. 내가 그 일을 좋아하고 지속해서 할 수 있는지를 생각해야 한다. 당장 눈앞에 돈이나 유행을 따라가기보다는 창업 아이템을 선정하는 것이 가장 중요하다. 그다음이 상권과 입지분석이다.

책이 어려웠던 나이기에 책을 좋아하는 사람뿐 아니라 책이 어려운 부모, 책이 어려운 사람들을 위한 조언을 하거나 책을 추천해줄 수 있을 거다. 그리고 그림책을 읽어준 경험으로 재미있는 그림책이 무엇인지, 아이들이 어떤 그림책을 좋아할지 추천해줄 수 있다. 내가 소개한 책들로 일상의 변화를 이루고, 파를 싫어하던 친구가 그림책을 통해 파를 먹기 시작했다는 변화 들을 볼 때 나는 참 뿌듯하다. 그림책 모임을 하면서 만난 분들이 한분 한분 떠오른다. 그들이 있었기에 지금의 내가 있고, 최고그림책방을 열 수 있었던 거 같다.

책을 마냥 좋아했다면 책방을 하면서 책 읽을 시간 또한 없을 거다. 책을 좋아하기도 하지만, 책을 사는 걸 더 좋아하는 나다. 그래서 나는 책방 준비가 즐겁고 참 좋다. 예산이 더 많으면 더 할 나위 없겠지만, 지금 내가 할 수 있는 최선을 다해보려 한다. 그리고 앉아있기보다는 움직여보려 한다. 김포에 그림책 거리가 생기고 책을 만나는 장소가 더 많아졌으면 좋겠다.

두 번째 인생을 시작하다

나의 두 번째일, 아니 어쩌면 지금의 책방 일을 하기 위해 거쳐 간 모든 일들이 나에게는 경험이자 아르바이트이자 생생한 삶의 현장 아니었을까? 사회에 첫발을 내딛는 건 취직이나 입사라는 용어로 불린다. 하지만 그 이전부터 아르바이트하는 과정을 거치게 되는 것 같다. 나 역시 많은, 아주 많은 아르바이트를 경험했다. 대학교에 입학해서 방학 동안에는 일반 회사의 캐드 보조업무를 하기도 했고 (친정인 구미에 있을 때 아빠의 소개로), 고깃집 아르바이트, 편의점 아르바이트, 과외알바, 동사무소 알바, 그리고 약국 알바. 등등

세상에는 수많은 아르바이트 직종이 있었고 나는 필요에 따라

한두 달씩 길게는 더 오래 여기저기 메뚜기처럼 아르바이트했다. 대학 등록금이 지금도 그렇지만, 그 당시에도 어마어마하게 비쌌고 생활비라도 보태고자 짬짬이 아르바이트했다. 실상 아르바이트가 돈이 되느냐? 어떤 아르바이트를 하고, 몇 시간 주말 동안 일하느냐에 따라 (일의 강도는 마찬가지고) 액수도 달라진다. 정말 따분한 일도 있었고, 고기를 구워주며 신나는 알바도 있었다. 아르바이트는 나에게 첫 번째 사회생활이었고, 삶의 현장이었다.

20대 초반에 대학교를 무난히 졸업했다. 간호사 국가고시에 합격하고 첫 발령지는 강동경희대병원 (그 당시 동서신의학병원)이었다. 나도 처음이고, 병원 문을 여는 것도 처음이었다. 다른 곳에서 일하던 경력간호사들과 함께 난생처음 병원 문을 열었다. 오픈병원을 준비하는 건, 좋은 일이기도 불편한 일이기도 하겠지만, 나의 경우는 좋은 일이었다. 모두에게 오픈병원이고 새로운 병원이니 다 모르는 상태였다. 일로는 배워가야 하는 게 많았지만, 병원을 함께 만들어간다는 의미가 강했다. 5년 가까이 소아·청소년과, 이비인후과, 산부인과 입원 병동을 차례로 오픈하면서 나는 선생님들과 돈독한 관계를 유지했다. 지금 생각해보면 텃세를 부린? 사람도 있었고, 자신의 기분을 우리에게 푸는 사람도 있었다. 하지만 그 역시 그렇게 심하지는 않았다. 다음 인계를 주고 병원에서 전화가 걸려 오면 가슴이 쿵쾅 대기도 했지만, (물론 그 당시에는 많이 힘들었던 거 같다) 나에게만 그런 게 아니었고, 내가 좀 더 정확히 일 처리를 못 한 부분도 있었기에 나름의 상황에 적응해나갔다.

간호사 면허로 아주 길고 가늘게 일해온 거 같다. 대학병원, 종합병원, 개인병원, 아동병원, 정형외과, 소아·청소년과, 이비인후과, 산부인과, 외래, 방문간호사 등등. 이렇게 적어놓고 보니 정말 많은 곳을 다녔구나! 나름 깨닫게 된다. 그리고 놀라게 되는 거다. 내가 간호사로 20년 가까이 쉬지 않고 (잠깐의 공백을 제외하고) 그래도 가늘고 길게 일해오고 있었구나! 생각이 든다. 간호사에서 책방 운영자로 변신하기에 큰 용기가 필요했다. 내가 이때까지 끌어온 기술과 경력을 유지할 것인가? 아니면 새로운 분야로 뛰어들 것인가? 그 차이점에서 고민하고 많이 생각했다. 다른 것 보다 생각이 들면, 한 번씩 시도해 보고 행동으로 옮겨 보았다.

실행이라는 것도 '마음'이 있어야 가능한 거 같다. 내가 좋아하는 일을 할 때 사람은 신이 난다. 내가 그랬다. 주어진 업무와 환경에서 누군가 시켜서 하는 일은 우선 내 적성에 맞지 않았다. 병원 일은 단순했지만, 재미도 있었다. 주어진 역할을 잘 수행해 내기에 나는 꽤 적합했다. 남들이 하는 것만큼 학교 공부했으며, 간호사 국가고시도 나름 준비기간을 거쳐 열심히 공부한 끝에 합격했다. 그리고 첫 신규발령지를 좋은 곳에서 시작하게 되어 5년 가까이 임상경험을 쌓을 수 있었다. 소아·청소년과에 처음 발령받는 덕분에(?) 24게이지 아주 가느다란 주삿바늘로 혈관을 잘

찾을 수 있게 되었다. 병원이 요구하는 인재상과 크게 벗어나지 않는 덕분에 면접을 보거나 이직할 때 수월하게 준비할 수 있었다.

책방을 차려야겠다! 라고 마음을 굳히게 된 건 하루아침에 번뜩 일어난 게 아니었다. 그렇다고 일 년이고 십 년이고 마냥 기다리고만 있을 수 없었다! 그게 내가 바로 책방을 차린 이유다. 서른이 넘도록 책과 친하지 못했던 내가 책방을 차렸다고 하면 다들 놀랄 수도 있다. 정말 가까운 지인들이 아니면 나의 책방 운영 사실을 모르는 사람도 대부분일 거다. 그리고 아까운(?) 간호사를 그만둔 사실에 대해서도 한마디씩 거들 것이다. 하지만 나는 개의치 않는다. 내가 가고자 하는 길이 쉽게 생각한 길도 아니지만, 남들이 살아줄 내 인생이 아니기 때문이다.

'내 인생'을 그리고 '아이들과 함께할 수 있는' 일해야겠다고 늘 고민하고 생각했다. 우연히 집 근처에 도서관을 다니면서 나는 서서히 책과 친해져 갔고 아이와 함께 그림책에 빠져들었다. 책을 통해 그림책 육아를 하면서 첫째는 자연스럽게 책을 참 좋아하는 아이가 되었다. 나도 마찬가지다. 공자나 맹자, 두꺼운 어려운 책들을 좋아하는 일은 지금도 어렵지만, 대신 '책 자체가' 좋아졌다. 사는 즐거움과 기쁨이 만만치 않은 거다.

책방에 입고해야겠다는 마음이 들면 '그 책'을 주문한다. 그리고 보기 좋게 책방에 진열해둔다. 앞면이 보이게 진열되는 '운 좋은' 책들은 나의 선택을 받기 위해 늘 기다린다. 책을 고를 때 '내 아이들에게 보여주고 싶은' 책을 고른다. 그게 첫 번째다. 그리고 아이들이 좋아하면 아주 자연스럽게 다른 아이들도 좋아한다. 나와 아이가 함께 보던 그림책들도 책방에 꺼내두면 '아이들은 어떻게 알고 그 책을' 쏙쏙 골라내는 거다. 신기하네!!

그럼 인기 많은 그 책을 또 주문한다. 서른 넘어 책이 우연한 기회에 좋아졌고 아이와 함께 그림책을 참 많이도 읽었으며, 책을 참 많이도 샀다! 그런 과정이 기쁘고 즐거웠다. 딩동~ 하는 소리에 책 택배 왔다는 소리를 아이는 참 좋아했다. 책을 싫어했던 내가 책이 좋아지기 시작했고 책을 많이 접하다 보니 이제는 '책을 쓰고 싶다는' 생각이 들었다. 많이도 읽기만 했던 내가 이제는 쓸 차례가 온 것이다.

책방 주인이 되었습니다

가끔 화분의 잎을 어루만지고 바깥 풍경을 잠시나마 구경하고 음악이 잔잔히 흐르는 책방 안을 둘러볼 때 '나는 지금 책방에 있구나' 느낀다. 여느 서점처럼 널찍한 공간이라던가, 주변을 빼곡히 채운 서가라든가, 바삐 움직이는 직원들은 없지만, 이 조그만 책방에도 사람의 숨길이 잠시 머물고, 아이들의 발자국이 새겨진다. 간호사로 일하던 시절이 있었다. 병원에서 일하던 시간이 아무래도 제일 길었겠지만, '간호사'라는 이름을 내세우며 어느 곳에서도 나는 최선을 다했다고 생각한다. 방문간호사로 일할 때도, 임상간호사로 일할 때도, 임상 시험기관에서 일할 때도 말이다. 늘 신경을 곤두세우기도 했었고 때로는 시간을 죽여가며 일하던 시기도 있었다. 간호사만 그러할까. 어느 직장이든 업무와 고객 상대를 하느라 나름의 고충과 고민, 성장하는 과정이 동시에 존재한다.

사대보험이 되고 나름의 안전망이 탄탄한 직장을 관두었을 때는 절박함이 가장 컸다. 그곳이 싫어서 그만두었다기보다는 그 당시 나에게는 책방을 해야만 하는 이유가 더 절실했다. 아이들 곁에는 내가 있어야 했고, 그러기에는 병원 일을 계속할 수가 없었다. 탄탄한 기반으로 호기롭게 시작한 것이 아니었다. 불안감도 컸고 당장 생계가 걱정되었다. 지금의 집에서 몇 달은 버티겠지만, 그다음은 어떻게 하지? 대출금 걱정이 제일 컸다.

아이들과 잘 꾸리며 살 수 있을까? 책방이 운영될까? 대출금은 갚을 수 있을까? 이런 생각들이 계속 이어져갔다. 그 순간에 걱정들로 멈추었다면 지금의 책방은 없었을 거다. 그럼에도 불구하고 나는 실행하고 하나하나 건너갔다. 과정을 말이다. 계약하고 인테리어를 진행하고 매일같이 제대로 진행되는지 살펴보았다. 간판을 알아보고 정하고, 하나하나 나의 결정과 선택으로 책방이 하나씩 이루어졌다.

책방이니 책도 중요했다. 현재 내가 가지고 있는 자산이 반, 새로 입고하는 책도 반이었다. 내가 보고 듣고 배운 것들을 조금씩 실행에 옮겼다. 어느 책방에서 자신의 책으로 시작했다는 글을 보았고 (아~ 그래도 되는구나) 그래도 1층이 좋다는 판단하에 2층보다는 유모차가 쉽게 들어올 수 있는 1층으로 정했다. 책을 판매하기에는 운영이 쉽지는 않다는 글을 보고, 강의와 모임을 기획하고 실제로 지금도 진행하고 있다. 다행히 강의를 열고 찾아와주는 손님이 생겼다. 지나가다가 들리는 손님도 있었다. 성교육을 듣기 위해 방문해주는 손님도 있었다. 책방이지만 다양한 채널과 경로를 만드는 것이 좋다는 생각이 들었다.

책방을 운영하면서 무인그림책방 이라는 운영을 생각한 건 오래전부터였다. 다른 곳에서 본 건 아니었고 순전히 근처 약국에 (내가 없어도) 사람이 다니는 공간이니 책과 계좌번호만 적어두면 될 터였다. 나만의 공간인 책방이 생겼고, 이전에 만들어둔 무인그림책방 안내판을 책방 한쪽에 비치해두었다. 책방에 오는 손님들이 무인 책방으로 책을 사 갈 수 있다는 걸 알리는 게 중요했다. 문 앞에도 적어두고 상세한 방법과 사가는 책과 입금자 이름을 적어두는 용지도 만들어두었다. 한 분 두 분 내가 없는 공간에서도 책을 보고 사기 시작했다.

책방하길 잘했다고 느낄 때는 책을 살 때다. 나는 책 사는 걸 제일 좋아한다. 옷 하나를 고를 때는 신중에 신중을 거듭한다. 몇만 원 하는 옷을 고민하고 또 고민한다. 이런 내가 썩 마음에 들지는 않지만, (후련히 옷도 고르고 입어보면 좋겠지만) 피곤하다. 쇼핑 자체가 나에게는 부담이었다. 실제로 마트에 가는 것도, 옷 사러 쇼핑가는 것도 즐기지 않는다. 하지만 책 살 때는 다르다. 이거저거 살게 넘친다. 그리고 몇십만 원 하는 책도 사버리는 거다. 안 보면 (가격이 다운되긴 하지만) 팔면 되니까.

아이들에게 책을 자주 사주고 선물해주었는데, 책방 하면서 조금은 도매가격으로 (크게 차이는 안 나지만, 책방을 해보고 알았다) 살 수 있어서 좋다. 문구류도 한몫한다. 도매사업자로 등록하고 주로 거래하는 곳을 정해두고 아이들에게 필요한 학용품이나 사무용품을 도매가격으로 받을 수 있었다. 이런 이유 보다 역시 제일 큰 건, 아이들이 부를 때 달려갈 수 있다는 점이다.

병원에서 일할 때는 (다른 직장에서도) 연차를 쓰기 이전에는 직장이라는 공간에서 벗어날 수가 없었다. 책방에서 일하면서 무인 책방으로 잠시 대체해두고 볼일을 보거나, 홍보를 갈 수도 있었다. 아이들이 아프거나 내가 필요하면 달려갈 수도 있었다. 특히 둘째 아이의 픽업이 많았는데, 책방을 운영하는 시간 동안에는 내가 담당할 수 있어서 좋았다. 이제 내 삶을 사는구나 싶을 때가 있다. 그게 지금인 것 같다.

먼 미래에 대한 걱정 보다는 지금에 집중해보려고 한다. 이후의 삶이 두렵지 않은가?? 누가 묻는다면 당연히 그렇다고 답할 것이다. 하지만 지금의 내 선택을 후회하는가? 라고 물어본다면 후회하지 않는다고 답할 것이다. 나는 지금의 선택을 잘했다고 생각한다. 언젠가 한 번은 창업할 나였으니까 말이다.

책방 하나요?

평범한 일상이었다. 매일이 비슷하거나 혹은 조금 다른 일상이었다. 여전히 간호사로 근무하고 '나는 평생 간호사로 근무하려나 보다'라고 생각하던 어느 날이었다. 간호사이지만 늘 다른 곳을 바라보고 있었다. 언제까지? 간호사로 일할지 나 역시 알 수 없었다. 책이라는 녀석은 나에게 그렇게 다가왔다. 10여 년 전 경기도 김포로 이사 왔다. 서울의 집값을 감당할 수가 없었던 이유가 가장 크다. 김포의 한강신도시는 그 당시 정말 허허벌판이었다. 아파트 한두 개가 전부였고, 지금의 이마트나 구래역이 없었던 시기였다. 다행히 집 가까이 주민센터가 있었고 2층에는 작은 도서관이 있었다. 그 당시에도 '책과 가까워지고 싶었고 아이를 잘 키우고 싶었던' 나는 작은 도서관을 드나들었다.

책이라는 즐거움도 하나의 책에서 시작되었다. 그 이전에 무수한 책들이 있었고 만나려고 준비하고 있었다. 한 명의 작가가 또 다른 작가와 연결되었다. 자기 계발이나 에세이, 신간 위주의 책은 나에게 만만했다. 작은 도서관은 큰 도서관에 비해서 나에게 만만했다. 우선 내가 보이는 면이 한정되어 있었고, 수많은 책이 있지만 내가 몇 걸음만 떼면 다른 코너를 넘나들 수 있다는 장점이 있었다.

하나의 책을 만나면 다른 책이 옆에 있었다. 한 명의 작가를 알게 되면 그 작가의 또 다른 책과 연결되었다. 작가의 또 다른 책을 찾아본다는 건 묘한 매력과 즐거움이 있다는 걸 알았다. 자기계발서라고 해서 다 같은 책이 아니었다. 실제로 자기계발서도 무수한 단계들이 있는데, 나와 맞는 상황이나 해볼 만한(?) 시도 도전 같은 것들이 특히 와닿는 자기계발서 위주로 읽어 내려갔다. 책과 관련된 책도 넘나들었다. 자녀교육을 위해 시작했지만, 책은 독서와 교육, 육아를 넘나들었다. 그 당시 만난 세 권의 책이 내 인생에서 크나큰 변화의 물결을 싹트게 했다. 내 안에 작은 씨앗이 심어지게 된 것이다.

자기계발서는 실제로 해보느냐, 안 하느냐에 따라 그 이후가 달라진다. 작은 것이라도 시도해 보고 지속해 보고 꾸준히 해본다는 게 가장 중요했다. 책 읽어주기는 누구나 다 알고, 다 할 수 있는 일이다. 하지만 아무나 그 과정을 소화하지는 못한다.

그 필요성에 대해 아는 사람이 있고, 실천에 옮기는 사람이 있다. 알기만 하고 실천하지 못하는 사람도 있다. 책을 읽는 것과 책을 쓴다는 것 또한 마찬가지다. 책을 읽기만 하는 사람이 있는 반면에, 책을 쓰려고 시도하고 시작하는 사람들이 있다. 책을 쓴다는 것은 또 다른 의미이고 변화의 시작이다.

도서관을 다니고 무수한 책들을 빌리고 읽으면서 나에게 맞는 책을 찾았고 나만의 색을 찾아 나갔다. 당시 작은 스터디나 모임에도 참석했다. 영어스터디를 가보기도 했고 투썸 카페에서 매주 금요일마다 모이는 작은 소모임에 참여하기도 했다. 영어에 관심 있는 엄마들이 매일 일정한 시간에 모여 영어 회화의 기본이 담긴 책 이야기를 나누고 영어라는 언어에 가까워지려고 노력했다. 그림책 모임도 마찬가지다. 단 한 명에서 시작했다.

당시 '한아름'이라는 커뮤니티 카페가 있었다(지금은 한강맘 네이버 카페). 한 달에 한 번 그림책 모임을 하기로 하고 공지를 올렸다. 반응이 뜸하거나 어느 날은 반응이 뜨겁기도 했다. 한 달에 한 번 열리는 만큼, 나름의 그림책선정에도 공을 들였다. 나 역시 그림책에 가까워지는 시기였고 나처럼 그림책에 관심 있는 부모들이 있다는 걸 알아가기 시작하던 때였다. 내가 골라간 그림책을 보고 '이런 그림책이 있다는' 사실에 놀라는 분들도 있었다. 성교육을 주제로 한 날은 특히나 인기가 있었다. 그림책으로 성교육이 가능하다는 사실에 평소보다 관심이 뜨거웠다.

이후 내가 브런치에 올린 글이 브런치에 올린 글이 '어느 사서 선생님의 눈에 띄어' 강의가 시작되었다. <그림책으로 함께하는 성교육>이라는 주제로 부모와 아이들이 함께 온라인 줌으로 강의를 함께 들었다. 하나의 강의가 또 다른 강의로 이어졌고, 경기도 김포의 각 가정을 방문하며 간호사로 일하는 동안에도 '성교육강사'로 성교육을 진행했다. 간호사에서 작가로, 그림책 성교육 전문가로 하나씩 이루어지는 과정이 신기하기도 했고, 설레기도 했다. 긴장을 안 했다면 거짓말이다. 강의를 처음 선 날은 정말 떨렸다! 강의 전날 아이들이 자는 시간에도 강의 준비를 했고, 실수하거나 틀리지는 않을까? 우려했던 마음과는 달리 생각보다 평온하게 강의를 진행했다. 처음 강의를 시작으로, 마이크를 잡는 연습도 게을리하지 않았다. 마침 첫째 아이가 베이스기타를 학교에서 배우면서 베이스기타를 사주었는데, 앰프도 필요하다는 사실을 알았다. 앰프와 마이크를 연결해서 낮에는 나름대로 강의 연습을 해보았다.

작은 도서관에서 만난 한 권의 재미있는 책과 강화도에서 아이에게 읽어준 수다 씨 그림책을 시작으로 우리는 책에 가까워지고 책이 재미있어지기 시작했다. 하나의 책에서 또 다른 책으로 이어졌고, 많은 책을 읽으면서 책을 쓰고 싶다는 생각이 강해졌다. 자기계발서를 하나둘, 백여 권이 이르게 보았을 때 보물 지도나 긍정 확언에 대한 실천에 옮기기에 이르렀다. 하나의 시작과 시도들이 꿈을 꾸고 작게나마 꿈을 이루게 해 주었다. 책을 쓰고 또 다른 책을 썼다. 그 책은 또 다른 책을 쓰게 도와주었다. 강의를 시작하니 또 다른 강의로 이어졌고, 그 강의는 또 다른 책을 쓰게 하기 하나의 기회가 되었다. 그렇게 <그림책으로 시작하는 성교육>이 세상에 나오게 되었다.

책방을 창업한다는 구상과 생각도 내가 이제까지 접하고 만난 수많은 책과 그림책들 덕분이다. 책에 무관심했던 30여 년의 시간은 내가 어떤 일을 하고 싶은지, 어떤 삶을 살고 싶은지 알지 못하던 시간이었다. 책을 만나고 재미있는 책을 발견한 시간이 '나의 꿈'을 꾸게 하고 그 꿈을 더욱 명확하게 만들어주었다. 그림책을 알리고 책 읽어주는 일이 필요하다는 메시지를 전하고 싶었다. 누구나 책을 쓸 수 있다는 사실도 책방이라는 창업을 이루면서 알려주기에 이르렀다. 내가 만약 책을 소홀히 했다면, 책의 재미를 몰랐다면 책방이라는 창업을 꿈꿀 수 없었을 것이다. 매일 똑같은 지루하고 반복되는 삶을 보내고 있었을 것이다.

재미있는 책과 아이에게 읽어준 그림책과 모임에 참여한 한 사람을 시작으로 모임과 책방에 대한 꿈을 꿀 수 있었다. 책방 창업을 준비하면서 네이버 지도에 등록해 둔 주소지를 보고 전화해 준 쿠팡 직원도 나의 창업을 이룰 수 있도록 도와주었다.

"책방 하나요?"

쿠팡 직원의 전화 한 통은 '내가 책방을 열어야 한다'라는 사명을 한 번 더 확인시켜 주었다. 지나다가 검색하고 전화를 걸었을 테지만, (이후에도 올지도 모른다고 생각했었다) 그 전화 한 통이 나에게는 '어서 책방을 열어주세요'로 들렸다. 그리고 상가를 알아보고 계약을 진행할 때도 미적거리지 않고 시도할 수 있었던 것 같다.

"해봤어? 해봤냐고?"

누군가는 창업을 꿈꾸는 이들에게 (안 그래도 불안한데) 두려움을 심어줄지도 모른다. 요즘 경기가 안 좋은데 굳이? 창업이 처음이라면 더더욱 주변의 조언이나 충고에 더욱 위축되거나 포기하고 싶어질지도 모른다. 계약할 거예요, 계약했어요. 라는 말은 그 의미 자체가 다르다. ~ 할 거야 라는 말은 생각은 있지만, 실제로 하기 직전이다. ~ 했어요. 라는 말은 무수한 생각과 고민과 검색을 지나고 나서 실전에서 했다는 말이다.

내가 그 말을 전할 때도 상대방이 받아들이는 것 또한 다르다. 어느 글에서 보았다. 배우기만 하는 것은 이제 그만하라고. 인생은 실전이라는 말이 기가 막히게 공감되었다. 이제 읽기만 하는 독서 대신 써보라는 말과 같다. 집어넣는 건 평생을 살면서 충분히 하지 않았나? 이제는 꺼내어볼 때다. 나만의 글을 쓰고 나만의 인생스토리를 풀어낼 때다. 그리고 내가 꿈꾸던 바가 있었다면 작게라도 한번 시작해보는 거다.

네이버 카페도 그림책 모임도 유튜브 구독자도, 블로그도 한 명에서 시작했다. 시작이 있기에 그다음이 있다. 책방 창업이라는 과정도 책이라는 시작이 있고, 자기계발서를 통해 무수한 시작을 시도하고 따라 해보았다. 마음에서 실천과 행동으로 가기까지는 굉장한 거리감이 있다. 마음은 있지만 실천하지 못하는 이유다. 너무 많은 생각 또한 실천을 더디게 만든다. JUST DO IT이라는 말처럼, 그저 해보는 거다. 처음부터 완벽함을 꿈꾸지 마라. 하면서 고치고 다듬어나가면 된다. 내가 가는 길이 누군가에게는 길이 된다. 그 길을 지금 만들어보자.

자영업은 기다림이다

자영업을 실제로 해보니 알게 되는 것들이 있다. 직장인 신분으로 생활할 때는 잘 보이지 않던 것들이 매장을 운영하면서 이곳저곳에 도움을 요청하면서 (혹은 내 가게를 홍보하면서) 알게 되는 것들이 있다. 직장인 일 때야 내가 돈을 쓰는 입장이니, 가게나 매장, 식당을 방문할 때 갑의 입장이 된다. 내가 돈을 내는 입장이다 보니 내가 필요한 것을 요청하거나 건의할 때 큰 부담감이 없었다. 직장이라는 울타리는 대부분 사대보험이 되고 상사와 동료 그리고 후배가 있다. 나를 괴롭히는 상사나 사람들도 있을 테지만, 대부분 나와 함께 밥을 먹고 일하는 테두리 안에서 시간을 보내는 사람들이다. 상사가 언짢은 잔소리를 하면 동료와 푸념하기도 하고, 같은 프로젝트를 맡을 때면 함께 힘을 합쳐 으

쌰으쌰하기도 한다. 경쟁회사와의 스트레스로 힘들어할 때는 나름의 동지들이 있어 함께 길을 찾기도 하고 방법을 모색하기도 한다.

소상공인의 뜻을 네이버 검색창에 검색해보았다. '소상공인'이란 규모가 작은 기업의 사업자나 생업적 업종을 영위하는 자영업자들을 말한다. 5인에서 10인 미만의 사업자를 뜻한다. 대기업의 일부 직원으로 거의 평생을 일해왔던 내가 소상공인, 자영업자가 되었다. 따박따박 나오는 월급이 일단 없고, 푸념하고 들어줄 만한 동료나 상사 후배가 일단 없다. 자영업을 시작한다는 건 사실 무모한 용기만으로 되지는 않는다. 필요한 자금이 적어도 수천만 원 단위이고 아무리 작은 책방이라도 책을 입고하고 인테리어를 하는 등(책장이 가장 크지만) 알게 모르게 초기자본이 많이 들어간다.

자영업의 뜻도 알아보았다. 국어 사전적 의미는 '자신이 직접 경영하는 사업'이다. 한자 그대로 해석하자면 스스로 자, 자신이 직접 경영하는 사업이라는 뜻이다. 사장도 나요. 직원도 나요. 홍보마케팅도 내가 한다는 뜻이다. 회사가 어느 정도 커질 때까지는 '내가 오롯이' 청소도 하고 서류 작업도 하고 마케팅도 하고 회사 운영을 해나가야 한다. 자영업에 실제로 뛰어들기까지 수많은 검색과 사전자료 준비를 했을 것이다. 많은 사람을 만나보고 조언도 듣고 돈도 많이 빌렸을 거다(혹은 모아놓은 돈이나 투자금을 받았거나 퇴직금을 받았거나 등등).

일반 회사가 싫어서 자영업에 뛰어든 사람도 있겠지만, (보통 직장 다니면서 나도 창업, 자영업을 해볼까? 저울질을 많이 한다) 자영업이 아니면 안 돼서 시작하는 사람들도 있다.

회사와 내 가게 창업을 선택하든지, 아예 내 가게를 여는 것만 생각해서 선택하든지 어느 쪽이든 자영업은 '내가 온전히 내 가게를 책임져야 하는 '업이다. 회사를 퇴직하고 창업하거나, 폐업하고 다시 직장인으로 돌아가는 경우도 많다. 실제로 코로나와 같은 우리가 어찌할 수 없는 상황이 닥쳤을 때 우리는 다른 방법들을 찾고 모색해야만 한다. 우리에게는 먹여 살릴 가족이 있고 생계를 어떻게든 유지해가야 하기 때문이다.

자영업자가 되고 옆 매장과 관계도 내심 궁금했다. 그래도 옆에 붙어 있으니 자주 왕래하고 다니지 않을까? 생각보다 그런 일은 없었다. 오히려 거리가 좀 있더라도 평소 내가 자주 갔던 곳이나, 친분이 있던 곳이나, 새로 생겼는데 볼 때마다 반가워해주고 나름이 시너지효과가 나는 곳에 더 자주 가게 되었다. 바로 옆에 있다고 해서 얼굴 볼 일은 그리 많지 않았다.

자영업은 기다림이다. 하루 8시간 9시간 혹은 10시간 이상 근무를 하는 데 '사람을 기다리는 시간'이 주 업무다. 첫 오픈일에는 내 매장 앞을 지나다니는 사람들이 모두 내 매장을 보고 매장 안으로 들어올 줄 알았다. 정말 그런 생각이었다 (지금 생각해보면 어처구니가 없지만). 사람들은 자신이 가려고 하는 방향이나 목적지가 아니면 크게 관심이 없다. 맛있는 먹거리나 고소한 냄새가 유혹하는 게 아니라면 일반 책방 앞으로 지나가다가 얼씨구나 들어오는 일은 그리 많지 않은 거 같다.

오히려 먼 곳에서 성교육을 듣기 위해 네이버로 전화하고 방문하기도 하고, 멀리 서울지역에서 책 쓰기 글쓰기를 배우기 위해 물어물어 오기도 한다. 그런 한 분 한 분이 나의 책방 고객이 되고 손님이 되고 회원이 되고 수강생이 된다.

사실 혼자서 책방을 운영하는 일은 쉽기도 어렵기도 하다. 매일 올리고 업데이트해야 하는 글이 있고, 새로 나온 신간 도서를 검색하고 채워놓는 일도 나의 주 업무다. 그렇다고 내가 일이 있거나 서류를 떼러 가야 하거나 컬러 프린트를 하거나 홍보를 위해 전단지를 붙이기 위해서 자리를 비우는 시간이 길어지면 나는 초조해진다.

초반부터 무인 책방으로 운영하기도 했지만, 혹시나 모를 손님을 위해 책방 불을 켜두고 '잠시 다녀올게요'를 붙여둔다. 몇 시간째 기다림의 시간이 지속되는 경우가 다반사다. 어떨 땐 하루에 손님 한 명이 안 올 때도 있다!

비가 내리거나 강풍이 불거나 혹은 날씨와 상관없이 그날따라 손님이 없는 경우도 더러 있었다. 반면에 손님이 몰리는 날도 있었다. 그림책 강의하거나 저자북토크를 하거나, 책 쓰기 강의를 하는 날, 그리고 생각지도 못한 날들에 손님이 왕왕 찾아오기도 한다. 자영업은 신비로움이다. 언제 어떻게 손님이 찾아올지 모른다. 불현듯 평소에 나를 책으로 만나 알고 오는 일도 있고, 정말 지나가다가 우연히 나의 책방을 보고 들어와 <최고그림책방> 네이버 카페도 가입하고 찐 회원이 되는 경우도 있다. 혹은 아이의 책을 사러 왔다가 글쓰기에 등록하기도 하고, 학생성교육을 신청하러 왔다가 필사 회원이 되기도 한다.

어떤 식으로든 책방과 인연이 있다는 건 놀랍다. 지난 100여 일을 돌아보면 (아직 일 년도 안 되었습니다. 분위기는 몇 년이 된 것 같지요?) 한분 한분의 소중한 발걸음이 더해져 지금의 책방을 만든 것 같다. 내 나름의 노력도 했다. 집에서도 잘 안 하는 청소도 이틀에 한 번은 꼬박한 것 같고, 평소에 일면식도 없던 매장에 방문해 나의 책방을 알리는 노력을 해왔고, 전단지를 들고 다니는 것조차 창피함을 느끼던 나였지만 이제는 떳떳하게 전단지를 붙이고 다닌다. 인스타나 블로그에도 주기적으로 책방 소식을 업데이트하고 있고, 책 쓰기 글쓰기에 관심 있는 분들과 함께 꾸준히 책 쓰기를 진행하고 있다.

내가 다른 매장을 방문하는 것과 다른 사람이 내 매장을 방문해주는 것은 느낌이 좀 다르다. 나름의 이유와 목적이 있어서 매장을 방문하는 것이다. 나는 내 책방도 알리고 반찬을 사기 위해 반찬가게에 들리지만, 반찬가게 사장님은 특별한 일이 아니면 나의 책방에 올 일이 드물다. (심지어 아직 결혼하지 않았다!) 처음에는 내가 이렇게 자주 가는데 어떻게 한번 안 오지? 하는 의구심이 들었던 것도 사실이다. 하지만 자영업의 특성상 기다림이고, 이 자리에서 꾸준히 손님을 기다리고 자리를 지켜야 하는 무거운 책임감이라는 것도 이제는 안다.

나처럼 잠시 다녀올게요, 무인으로 운영할 수 없는 업종이기에(나처럼 특별한 경우를 제외하고는) 대부분 가게 운영하는 사장님들이 자리를 비운다는 건 화장실을 가거나 식사하거나 퇴근할 때를 빼고는 불가능한 일이다. 책방 역시 일정과 스케쥴이 조금씩 채워져 가고 자리 잡아간다. 공저 과정을 등록한 회원들도 제법 생겼고, 독서 모임 글쓰기 모임도 일정이 대략은 잡혀간다. 수업이 아니더라도, 책이 있는 곳곳에서 내가 해야 할 역할과 일들이 이제는 조금씩 눈에 보이기 시작한다. 책방에 누군가가 있다는 건, 들어오세요~ 들어와서 책보세요~ 하는 의미다. 나 역시 너무 긴 시간, 특별한 경우를 제외하고는 책방 안에서 나름의 자리를 지켜보려고 한다. 나의 온기와 눈 마주침과 따스한 인사가 지나가는 사람들을 책의 향기로 불러일으킬 수 있을 테니까.

나라 자체에서 지원이나 창업예비자들을 대상으로 판로를 개척할 수 있는 길이 더 많아졌으면 좋겠다. 모 아니면 도의 식 말고, A로 가다가 B로 잠시 갔다가 다시 C라는 방법도 찾을 수 있게 다양한 사례와 경험, 방법이 많아졌으면 좋겠다. 내가 강의를 다니고 그림책을 알리는 이유도 같은 결이다. 누군가가 나를 찾는 곳이 '내가 필요한 자리다'. 왜 사람이 없지? 푸념하기보다는 나를 찾는 곳으로 '내가 가는 것'이 맞다. 자영업은 때로 직장 다닐 때보다 바깥으로 다녀야 할 일도 많고 사람을 만나야만 하는 경우도 생각보다 많다. 나 이런 거 처음 해보는데, 주저할 시간에 한 명이라도 더 만나야 한다. 그게 글이 되었든 대면 강의가 되었든 사람과의 만남이 될 수도 있다.

책방을 운영하면서 느끼는 것 중 하나가 역시 책과 사람이 가장 중요하다는 확신이 든다. 책 하나를 진열해두는 일도 책방지기인 내가 관심을 두어야 가능한 일이다. 나의 책방에 발걸음이 이어질 수 있는 건 책을 찾는 사람들과 책에 관한 이야기가 있기 때문이다. 오늘처럼 오전 오후 독서와 글쓰기로 가득한 날이면, 100일 지난 옹알옹알하는 아기부터 글쓰기에 관심이 있고 책에 관심이 많은 이웃들의 발걸음이 이어진다. 아기는 책방에 와서 예쁜 그림책을 바라보고 엄마의 품 안에서 쌔근쌔근 잠이 들기도 한다.

내가 책방을 문 열 때 가졌던 마음을 다시금 떠올려본다. 쉴 새 없이 바빴던 워킹맘이자 간호사로서 지내왔던 순간에 잠시라도 책을 보고 쉬어가는 책방이 되기를 바랐다. 그리고 책과 사람에 집중하자고 다짐했었다. 처음부터 차근차근 시작해보려고 한다. 매장을 운영하다 보면 계획대로 되는 것도 되지 않는 것도 있다. 내가 지금 시도하고 시작하는 일들이 모두 정답을 아닐 것이다. 하지만 나 스스로 운영하는 책방에서는 나 스스로 움직이고 시도하고 실제 경험해보면서 알아가는 것이 있다. 프린트 하나도 렌트를 할지, 구매할지 선택의 갈림길에 서지만 그때마다 조언을 구하기도 하고 나의 직감을 따르기도 한다.

나는 이제 간호사라는 유니폼을 벗고 자영업이라는 옷을 입었다. '내가 정말 좋아하는 일'을 시도하고 시작했다. 오늘 올린 커뮤니티 카페의 댓글에서 어느 분이 이렇게 말했다.

"작가님처럼 좋아하는 일을 찾고 싶네요. 간절하게 ~~"

그때 알았다. 나는 내가 좋아하는 일을 찾았다는 사실을. 때로는 많은 것을 헌신하고 투자하는 것이 무모해 보이기도 하지만, 때로는 그만큼 간절하기에 행동에 옮길 수 있었다고 생각한다. 나에게 가장 소중한 가족과 책과 함께한다는 건 내가 내 일을 찾아서 하고 (누구에게 불편할 수도 없는) 내가 몰입할 수 있는 일을 찾기 위해 노력한 결과다. 책방에서도 해야 할 일이 매일같이 쌓이지만, 내가 지금 할 수 있는 일을 하나씩 해나간다. 책방에 오는 손님들이 하나둘 건네준 선물들도 점점 쌓여간다! 작은 책방에 사랑이 넘친다. 고마운 사람들, 책방을 좋아해 주는 사람들, 책방에서 산 책을 잠결에도 놓칠까 봐 손에 움켜쥐고 자는 어린 친구들까지. 나는 지금 이미 충분히 책에 관한 사랑을, 내가 전한 메시지보다 더 큰 사랑을 받는 것 같다.

나는 엄마였고 간절했다

책방을 열어야겠다고 다짐한 건 그리 오래되지 않았다. 하지만 막연히 '창업'이라는 걸 꿈꾸게 된 건 오래전부터였다. 내가 7년 전쯤 당시 적어둔 노란 종이 위에는 '창업'이라는 글자가 정확하게 명시되어 있었다. 영어 회화, 엄마 자존감 회사 창업이라는 약간은 엉뚱한 회사 이름으로 창업을 목표로 잡았다. 그리고 꿈꾸었다. 서른 중반의 어느 날, 자연스럽게 책이라는 친구가 나에게 다가왔다. 서울에서 아등바등 바쁘게 지내면서 버스를 타고 지하철을 타고 언덕길을 오르내리다가 경기도 김포로 넘어오게 되었다. 단지 집값이 비싸서라는 이유였다. 아이를 키우기 위해서 조금 더 넓은 곳이 필요했고, 가능하면 엘리베이터와 목욕탕

이 있는 구조의 집에 들어가고 싶었다. 그렇게 서울 관악구 신림동에 살던 우리는 경기도 김포로 이사를 오게 되었다.

허허벌판에 유일하게 나의 관심은 작은 도서관이었다. 그곳에서 다양한 책들을 만나면서 나의 책에 관한 생각이 조금씩 바뀌기 시작했다. 자기 계발, 에세이, 신간 위주 코너로 자주 돌아다녔고, 재미있는 책이 있으면 바로 옆의 책들도 훑어보기 시작했다. 그렇게 한 권 한 권이 나에게 스며들었고 책의 재미를 안겨주었다. 자기계발서라고 다 같은 자기계발서는 아니다. 나에게 도움이 되는, 내가 실천할 만한 책들을 섭렵해 나갔다. 쉬운 책으로 시작했다. 그리고 한결같이 자기계발서에서 말하는 '종이에 목표를 적어보라'라는 말을 수십 번 흘려듣다가 마침내 나만의 종이에 적어 내려가기 시작했다. 수첩에도 다이어리에도 적고, 종이에도 적어보았다. 한번 적어볼까? 또 누가 보면 어떤가? 나는 이런 꿈을 꾸고 이런 삶을 살고 싶다는데. 막연하지만, 내가 그 당시 원하고 목표하는 바를 적어보았다. 그 속에 '엄마 자존감 회사 창업'이라는 글귀도 적어놓았다.

엄마가 되면 자연스럽게 아이 위주로 생활 리듬이 급격하게 변하게 된다. 아이의 유일한 보호자가 나이기도 했고 친정 시댁의 도움을 받을 수가 없었다. 내가 유일한 보호자이고 돌봄 제공자였다. 늘 아이와 함께 생활하고 일이 끝나면 아이를 데리고 왔다. 주말에도 아이와 서점을 다니기도 하고, 짜장면을 먹으러 다니기도 했다. 일도 해야 하고 아이도 잘 보살피고 싶었다. 그래서 작은 도서관이나 서점을 다니기 시작하고 책을 읽기 시작했다. 엄마가 되어보니 엄마의 입장을 알게 된다. 아이가 하나일 때와는 또 다르게 더 막중한 책임감과 무게를 느끼게 되었다. 어린 시절에도 십 대 청소년 시절에도, 그 이후에도 엄마의 자리는 막중한 것 같다.

그래서일까? 엄마라는 자리에서 함께 성장해나가고 싶은 욕구가 커졌다. 나의 소망은 열망이었고, 갈망이 되었다. 7년이 지난 어느 날, 나는 어느 날 문득 아이 곁에 '엄마인 내가 있어야 한다는 사실'을 깨달았다. 병원에서 하루 열두 시간 넘게 일하면서 집을 비우는 동안, 아이들은 서서히 지쳐갔다. 엄마의 빈자리는 돌봄 선생님이 대신해 주었지만, 수시로 아팠고 수시로 눈물을 흘렸다. 나는 그런 아이들을 더 이상 모른 체할 수 없었다.

나는 엄마였고 간절했다. 돈을 벌고 현 상황을 유지하는 것도 중요했지만, 나에게는 아이들이 가장 소중했다. 아이들이 지금 아파하고 있었다. 그간 쌓아온 경력도 사실 아이들과의 생활을 위한 것이었다. 간절했기에 내려놓을 수 있었고 결단할 수 있었다. 잘 될 거라는 보장이나 확신은 없었지만, 나는 책방을 열기를 결단 내렸고, 그 이후로 일사천리로 진행되었다. 회사에 퇴사 의사를 밝히고 후임자가 구해지는 기간 동안 병원 생활에 충실했다. 간호사로 일하면서도 쉬는 날마다 둘째 아이와 함께 상가를 돌아보기도 했다. 가끔 불러주는 곳이 있으면 강의를 다니기도 했다. 사직서가 수리되고 인테리어업체를 알아보고, 일정 조율해나갔다. 든든한 백이 있는 것도, 마련해 둔 돈이 있는 것도 아니었다. 하지만 '언젠가 하게 될 책방 창업'을 하게 되었다. 내가 운전하는 운전대 앞에는 사업자 대출과 인테리어 한다는 문구가 적혀 있다. 그 정도로 간절하게 이루고 싶었다.

어쩌면 그 당시부터 난 할 수 있어! 모든 일이 잘되고 있다는 긍정 확언을 나에게 수시로 불어넣어 주었다. 그 누가 할까? 내가 아니라면 누가 나에게 이런 말을 해줄까? 내가 나에게 동기부여를 하고 긍정의 언어로 매일 단련시켜 주었다. 단순한 직장인 자세였다면, 직장 속에서도 내가 할 수 있는 다양한 일을 건의하고 개선해나가기도 했다. 필요한 자료물이 있으면 만들어서 붙여두기도 하고, 소아·청소년과를 찾는 보호자들에게 정보를 제공하기도 했다.

네이버 지도로 전화 오던 날도 기억난다. 쿠팡의 직원이었는데 책방 운영에 관해 물어보는 전화가 왔었다. 나는 네이버 지도로 등록시켜 놓고 (이전 글 참고해 주면 좋겠다) 가끔 걸려 오는 전화에 새삼 신기해하고 있었다. 네이버가 자동으로 연결해 주는 전화이기에, 내 번호가 노출되지 않았고 드문드문 걸려 오는 전화에 '아 역시 내가 책방을 하고 있구나'라는 생각이 점점 확고해졌다. 그리고 문자를 남겼다. 곧 오픈할 예정입니다. 찾아와 주세요! 라고 말이다. 안개처럼 뿌옇게만 보이던 나의 책방은 서서히 실체를 드러내기 시작했다. 인테리어 작업을 하는 동안에도 하나하나 새로운 곳을 만들어 나간다는 기분을 느꼈다. 오롯이

나 혼자서 말이다!!

주위에 가족이나 (남편도 지방에 따로 일하고 있었다) 친척이나 아는 지인의 방문도 당시에는 없었다. 오로지 나 혼자서 견적을 받고 인테리어 작업에 조언을 구하고 받았다. 포스기나 CCTV도 일일이 알아보고 전화해 보고 더 나은 곳을 선택하고 결정하는 것이 모두 내 몫이었다. 이렇게 사업자가 되어간다고 생각하면서 책방의 면모를 갖추어나갔다. 책방 따라 하기도 해보았다. 이전에 찍어둔 수많은 사진이 있었다. 나의 버킷리스트 보물 지도에도 알록달록한 잘 진열된 책방의 모습들이 놓여있었다. 그런 책방을 보면서 작고 세세한 부분들을 따라 해보기도 했다. 집에 있는 네모 식탁을 책방으로 이사 당시 가지고 갔다. 그 식탁에 책들을 진열해 두었다. 지금의 최고그림책방 전면에 있다. 책방 관련한 책에서 모티브를 얻은 것들도 있었고 잡지에서 노란 색감의 책장이 예뻐서 실제 책방색지를 결정할 때도 노란 색지로 정했다. 우연히 인터넷 기사에서 발견한 '책방이 없는 동네는 영혼이 없는 동네다'라는 비슷한 문구를 발견하고, 책방을 여는 나의 사명감에 불을 지펴주었다. 어쩌면 하나의 계기만은 아니었을 거다. 내가 살아오면서 걸어오는 여정 내내 필연이거나 우연으로 가장한 많은 것들이 '나의 책방 창업 일기'에 불을 지펴주었을 거다. 내가 목표하는 방향으로 가는 걸음걸음 내내 만나는 수많은 시도, 사람들을 통해 나의 책방 창업이 이루어진 것이다. 나 혼자서였다면 이루어내지 못했을 거다. 책방이라는 큰 목표를 저 앞에 두고 하나씩 발견하는 기쁨, 만들어가는 즐거움, 알아가는 깨달음을 모두 이 한 권의 책에 담아내려고 애썼다. 그 자그마한 결실이 나의 생일을 맞이하여 출간될 예정이다.

두려움이 없었다면 거짓말이다. 이전에 해보지 않은 창업이라는 길에 나서는 나는 불안하기도 하고, 무섭기도 했다! 해본 적이 없으니 당연한 것 아닌가. 그저 책을 팔고 아이들과 함께 삶을 이루어내리라는 결단하여 나는 마침내 '책방 창업'이라는 꿈을 이루었다. 단순히 책이 좋아서만은 아니었다. 책방이 아니면 안 될 것 같았다! 마케팅이나 홍보도 이미 방문간호사와 다른 활동을 하면서 어느 정도 단련이 되어있었던 것 같다. 간호사라는 직업도 웬만한 깡이 없으면 오래 하기 힘든 직종인데, 그러고 보면 내 나름대로 깡이 있었던 것 같다. 아이를 키우고 점점 어른이 되어가는 걸까? 무섭고 두렵지만, 용기를 내야 하는 순간들이 너무도 많았다. 그런 과정들이 지금의 나를 조금씩 만들어주는 듯하다. 책방 일을 시작하고 매일 해보지 않은 일들과 부딪히고 고민한다. 더 잘할까? 보다는 지금 해야 하는 일을 '해내는 것'에 집중한다. 일단 하는 게 중요하다는 사실을 알고 있다. 하면서 다듬어나간다. 글이라는 것도 그렇다. 누군가 읽으면 부끄러울 정도의 글이라도 일단 써놓고 본다. 내가 걸어온 길이 누군가에게 조금이라도 도움이 되었으면 하는 바람에서 몇 자 또 끄적인다. 일도 글도 창업도 그렇다.

처음이기에 생소하고 어렵다. 글도 써보지 않으면 더욱 어렵다. 해보면서 다듬어나가자. 2024년 새해가 밝았다. 영어 필사를 하는데 2024년이라는 글자가 아직은 낯설다. 매번 2023을 써놓고 지운다. 하루하루를 충실히 지내다 보면 나만의 결이 생기고 나의 책방을 찾아와 주는 사람들이 생길 거라 생각한다. 엄마 자존감 회사 창업을 꿈꾼 내가 마침내 최고그림책방을 열었다. 그리고 그곳에서 엄마들이 함께 독서하고 필사하고 글쓰기를 배운다. 자신만의 길을 모색하고 엄마들의 성장을 이루어나가고 있는 모습을 보면 나 역시 괜히 뭉클해진다.

목소리가 참 좋은 엄마, 공감을 참 잘해주는 엄마, 아이의 말을 잘 들어주는 엄마, 아이가 좋아하는 게 무엇인지 잘 알아채는 엄마, 책을 잘 읽어주는 엄마, 독서의 재미를 알아가는 엄마, 추진력이 있는 엄마, 무지갯빛 그 이상의 다양한 매력으로 채워지고 있다.

책방 하길 잘했어!

내가 왜 책방을 열었을까? 곰곰이 생각해본다. 답은 '할 줄 아는 게 이것뿐이라서'라는 단순한 대답이 나온다. 그랬다. 나는 서른하고도 중반을 훌쩍 넘긴 나이에 책이라는 재미에 빠졌다. 책을 사는 걸 제일 좋아했고 책이 오는 날을 기다렸다. 간호사로 일하면서도 책을 읽고 책을 썼다. 영어 필사책도 직장에 차에 두면서 점심시간을 이용해 필사하기도 했다. 유니폼을 입고 잠시 잠깐 점심시간에 카페에서 커피 한 잔 사 오는 시간이 제일 좋았다. 잠시 앉아서 책을 보는 시간이 참 좋았다. 커피를 좋아하고 책을 좋아하는 나는 마침내 커피를 팔지 않는 책방을 열었다.

오늘은 김천구미역에서 기차를 탔다. 경북 구미는 내가 자라온

고향이자 친정이다. 일 년에 손에 꼽을 정도로 가끔 가지만, 늘 그립기도 하고 엄마의 밥 냄새가 그리운 곳이다. 월요일 휴무를 핑계 삼아, 그리고 아이 방학을 핑계 삼아 구미에 다녀왔다. 이전에는 허투루 보았던 상가가 눈에 들어온다. 기차역까지 친정어머니가 바래다주고 아이와 함께 역 안으로 들어오는데 빈 상가들이 눈이 보인다. 이곳에 책방을 열면 어떨까? 생각이 스친다.

구래역에 있는 지금의 책방에는 작은 쪽지에 이렇게 적혀 있다.

구래역, 마산역(김포), 구미역에 최고그림책방 분점을 오픈한다.

가장 처음으로 오픈한 공간이지만, 나는 구미역에도 책방을 오픈하고 싶은 계획을 세웠다. 적어두니 눈에 보이는 걸까? 자영업을 시작하면서 월세나 위치, 상가에 대해 궁금해지는 걸까? 나는 지금의 책방을 넘어서 어느 시점 이후에 어떤 식으로 확장을 해나가고 자금을 꾸려나갈지 생각하고 있다. 누군가는 이야기하겠지. 지금 있는 책방이라도 생계유지를 잘해. 라고 말이다. 책방을 운영해서 돈이 남나? 월세는 감당할 수 있나? 다양한 우려와 걱정도 많다. 친정아버지가 오픈할 당시에 걱정하고 우려했던 것처럼, 대부분의 시선이 그렇다. 사실 책만을 팔아서는 먹고살기 어렵다. 월세를 내기는 더 어렵다. 하지만 책이라는 매개체를 이용해서 다양한 모임을 만들 수도 있고 나만의 책방 컨셉을 만들어 수익으로 연결할 수도 있다. 나도 아직 작은 걸음마 단계이지만, 내가 할 수 있는 작은 선에서 시도하고 시작해보고 있다. 책방을 하면서 좋은 점을 생각해보았다.

1. 자기 계발을 일하면서 함께 할 수 있다
2. 재미있는 이벤트를 자주 열 수 있다
3. 보고 싶은 책을 마음껏 살 수 있다

어차피 책이 넘치는 곳이다. 책방이니 책이 주인이다. 아이들도 책을 보러오고 엄마·아빠도 관심이 있는 책을 들춘다. 그림책을 포함해서 다양한 도서를 들여놓는다. 자기 계발 시간을 따로 내지 않아도 된다. 내가 운영하는 시간 동안 모임을 연다. 독서 모임, 글쓰기 모임을 열고 함께 하는 사람들을 모집한다. 정원은 5명으로 제한한다. 독서 모임의 주제는 매달 다르고 다양한 주제를 다룬다. 고명환 작가님의 책을 시작으로 덴마크 육아와 관련한 12월의 책, 그리고 돈과 관련된 1월의 책까지. 매달 독서 모임을 진행하기 위한 책을 심사숙고해서 정한다. 소설책도 해당한다.

사실 나는 소설을 자주 보지 않았다. 중학생 때 파고든 연애소설이나 나쓰메 소세키, 일본 작가들의 책을 제외하고는 소설책에 큰 흥미를 느끼지 못했다. 하지만 최근 (바로 지난주 토요일) 정아은 작가님의 북토크가 책방에서 열렸고 이번 기회를 통해 소설책에 관해 다시 생각하게 되었다. 그간 닥치는 대로 접해왔던 자기계발서도 좋지만, 사람의 삶과 행태를 통해 보고 느낄 수 있는 소설이라는 분야에 대해서도 다루어보아야겠다는 생각이 들었다.

책방을 운영하면서 아이들이 오면 음료나 초콜릿도 주고, 생활에 필요한 물품도 사은품으로 준비해둔다. 3만 원 이상 구매하는 경우 사은품으로 전달한다. 소소한 사은품이지만 기분이 참 좋다. 받는 사람도 주는 사람도. 아이들은 조물조물하는 스트레스볼을 좋아하기도 하고 판매용으로 비치해둔 몰랑이를 좋아하기도 한다. 그럴 때면 마음이 약해져서 하나씩 선물로 주기도 한다.

<최고그림책방> 네이버 카페는 내가 운영하는 카페다. 최근 책방 이벤트를 열었는데 그림책, 독서와 관련한 주제로 이벤트 응모하는 내용이었다. 책방에서 판매하기 위한 물건을 이벤트 당첨 선물로 정했다. 라이언 농구공, 탁상시계, 화장품을 비롯해 그림책 꾸러미까지 다양하게 준비했다. 응모한 이들이 모두 이벤트 선물에 당첨되어서 더 기뻤다. 책방을 운영하면서 그간 하고 싶었던 재미있는 이벤트를 할 수 있는 기회가 많아졌다.

책을 사는 게 좋았고 이책 저책 넘나들며 보는 걸 좋아한다. 제목이 솔깃하거나 재미있을 것 같은 생각이 들거나, 보고 싶은

책이 생기면 바로바로 장바구니에 담아둔다. 내가 거래하는 곳은 예스24, 알라딘, 웅진북센이라는 도매업체다. 특히 예스24에서 구매를 많이 하는데, 책이 포장되어 오는 방식이 마음에 들고 책방 콜라보라는 프로그램을 통해 작가와의 만남도 원할 때는 언제든지 열 수 있다. 보고 싶은 책을 담아두고 인기 있는 책들과 함께 주문해둔다. 입고하자마자 팔리는 베스트셀러도 있고, 몇 개월이 지나도록 팔리지 않는 책들도 있다.

아이들이 책에 다가오는 시선을 즐긴다. 책방 한쪽에 진열해둔 그림책에 손을 뻗을 때 나는 뿌듯하다. 엄마의 성향이 아이에게 전해질 때가 많다. 내가 좋아하는 그림책을 아이에게 읽어주니 아이도 좋아했다. 그림책을 읽어준 경험이 책방을 찾아온 손님들에게도 전해진다. 그림책을 추천하거나 상담도 해준다. 파를 싫어하던 아이가 <된장찌개>라는 제목의 그림책을 보고 파를 먹기를 시도한 것처럼 그림책은 아이의 관심이 전부다.

아이들은 재미있는 책을 좋아한다. 어른이 보기에 필독서이고 교훈이 가득한 내용이라고 해서 다 좋아하지는 않는다. 어떤 아이는 좋아하는 책이 어떤 아이에게는 와닿지 않는 책도 많다. 그래서 아이가 5살 무렵이 되면 아이 손을 잡고 함께 책방에 오는 것이 좋다. 아이가 잡는 책이 무엇이건 사주는 것도 좋다. 우리도 그렇지 않은가? 보고 싶은 책에 눈길이 가고 만지고 싶다. 읽어보고 싶다. 아이들이 피터래빗을 고르건, 어른 책을 고르건,

데미안을 고르건, 이솝우화를 고르건, 강아지 반려견 책을 고르건, 아이의 선택에 맡기는 것도 좋다.

책이라고 해서 다 보는 게 아니다. 만지고 들추어보고, 보고 싶은 페이지만 보아도 좋다. 아이가 안 보면 내가 보면 된다. 그림이 많은 책도 글이 많은 책도 좋다. 둘째 아이는 첫째 아이가 고른 데미안이라는 책을 좋아했다. 빨간색 표지의 촉감이 좋은 재질의 그 책은 아이에게 놀잇감이었다. 페이지를 한 장씩 넘기면서 아이는 책과 친해졌다. 책을 가지고 노는 경험은 책과 친하게 만들어준다. 책에 관한 편견이나 고정관념을 가지고 있다면 서서히 내려놓고 깨쳐보자.

독서 모임에서 책을 다룰 때도 이야기한다. 너무 깨끗하게 보지 말라고 알려준다. 내가 구입해서 독서 모임에 가져올 정도라면 그 책은 접어도 되고, 색칠해도 되고 끄적거려도 된다. 책을 보고 문득 생각나는 게 있다면 여백에 적어두는 게 좋다. 책이 연습장이고 독서 노트다. 굳이 다른 노트를 사지 않아도 된다. 그 책을 볼 때의 감성과 상황, 그날의 이야기가 모두 책 속에 담겨있다. 책이 나이고 내가 책이 된다.

책방이라는 공간은 지역주민을 위한 공간이기도 하고 나를 위한 공간이기도 하고 나의 아이들을 위한 공간이기도 하다. 아플 때도 학교 안 가는 날도 학교 가기 싫은 날도 책방에 잠시 머무른다. 유튜브를 보더라도 엄마가 수업하는 날도 책방에서 지낼 때가 있다. 내가 책방을 열게 된 가장 결정적인 계기가 아이들과 함께하기 위해서였다. 아이들과 시간을 보내고 싶었다. 아이들과 점점 줄어드는 시간이 못내 아쉬웠고 내가 일하러 간 사이 긴 시간을 보낸 아이들 곁에 머물고 싶었다. 책방을 열길 잘했다는 생각이 들 때가 바로 지금이다.

아이들과 책과 함께 지낼 수 있는 지금이 감사하고 행복하다. 최고그림책방이 어느 정도 운영하고 수익구조를 이루어낼 때까지 이런저런 고충도 고민도 시도와 시작도 실패도 있을 거다. 아이들과 함께하기 위해서, 나만의 책방을 이루기 위해서 결단을 내리고 책방을 열었던 만큼 과정과 고비를 하나씩 넘어가 보려 한다. 두려워만 했다면 시작하지도 않았을 거다. 책방을 열지 않았다면 지금의 좋은 분들을 만나지 못했을 거다.

나비처럼 책방에 와서 앉았고 나비가 또 다른 나비와 함께 온다. 이게 나비효과가 아닐까? 구미에 분점을 내고 싶은 내 생각이 언젠가 이루어지지 않을까? 그날이 빨리 왔으면 좋겠다. 오늘도 나는 책방과 함께 성장해나간다.

나오며

오늘도 책방 문을 열었습니다

한 꼭지 한 꼭지 적다 보니 벌써 마지막 연재 글이 되었습니다. 처음에는 무모한 용기로, 중간에는 쓸까 말까? 쓰자! 독자님들과의 약속과 의리로 끝까지 달려왔습니다. 가까운 가족들에게도 쉽사리 이야기하지 못한 저의 이야기를 이곳에 털어놓았습니다. 창업을 생각하고 창업을 꿈꾸고 창업을 계획하고 시도한 모든 기록이 이 책 한 권에 담겨있습니다. 어쩌면 부족할지도 과할지도 모를 저만의 책방 창업기를 따듯한 시선과 관심으로 바라봐주시면 감사하겠습니다.

누구나 한 번쯤은 책 쓰기를 바라고, 직장생활을 하면서 한 번쯤은 창업을 꿈꾸게 됩니다. 저도 그랬습니다. 간호사 생활을 20

년 가까이 하면서 언젠가 한 번은 창업해보고 싶었습니다. 아이를 키우며 책이 좋아졌고 책과 가까워졌습니다. 책방과 관련된 책을 보고 창업에 관한 영상자료들도 챙겨보았습니다. 작게나마 방 한 칸에 책장과 책을 채우고 <최고그림책방>이라는 이름으로 사업자등록을 했습니다. 그곳에서 그림책 모임을 하고 사람들을 만나며 책을 팔기도 했습니다.

책방은 정말 다양했습니다. 제가 다녀본 책방들이 그랬고, 창업을 하고 나서 보는 시야도 달라졌습니다. 이전에는 보이지 않던 것들이, 사업자가 되고 대표의 자리에 서니 모든 것이 새로운 시작과 도전이었습니다. 주어진 업무만 행했던 저에게는 모든 것이 낯설었지만 동시에 내가 해내야 하는 일이었습니다. 인테리어를 하고 포스기와 인터넷, CCTV를 설치하고 서가에 책을 채우는 모든 과정이 이 책 속에 녹아있습니다. 하나에서 멈추었다면 그다음의 과정은 없었겠지요? 두려움을 이겨낼 수 있었던 건 '책의 재미를 전하자'라는 나만의 목표가 있었기에 가능했습니다. 책을 전할 때가 정말 좋습니다. 책을 고르고 진열하고 책을 팔고 그 책을 집에 가서 가족과 함께 나누고. 이런 일련의 모든 과정이 책방에서 시작되었습니다. 책방에 방문하는 분들의 미소와 웃음도 책방지기로 살아가는 지금에 감사함으로 저며 듭니다.

저의 책방에서는 책도 팔지만, 함께 책도 읽고 책을 쓰기도 합니다. 책을 닥치는 대로 읽어 내려갔던 예전의 내가 그러했듯이,

책을 쓰고 싶은 생각을 가진 이들도 참 많았습니다. 그래서 출판사를 내보기로 했습니다. 다양한 도서에서 다양한 방법을 시도해보고, 아이디어가 생기면 나의 책방에서 시도해보기도 합니다. 책에 관심을 가지고 책 쓰기, 글쓰기를 함께하는 분들이 생기기 시작했습니다.

<최고그림책방>에서는 아이들에게 그림책을 읽어주는 시간도 가지고, 엄마·아빠들과 성교육에 관한 이야기도 나누고, 책과 함께하는 이야기도 나누고 있습니다. 글쓰기에 관심이 있는 분들이 모여 함께 책 쓰는 공저 과정에 참여하기도 합니다. 2024년 올해에는 다양한 방식을 시도하고 성장하는 최고그림책방이 될 거라 생각합니다. 이미 각자의 원고를 작성하고 있고 책을 통해, 그림책을 통해 가족들과 주변의 지인들에게 그림책 메시지를 전하고 있습니다.

책을 팔고

다양한 책을 팝니다. 최고그림책방 이름처럼 그림책이 주가 되지만, 어른들도 청소년들도 모두가 함께 읽을 수 있는 다양한 책을 갖춰둡니다. 초등학교에 들어가면 정말 많이 접해야 하는 책이 어떤 책일까요? 그림책을 유아기에 많이 읽어주셨던 부모님들도 아이가 초등학교에 입학함과 동시에 대부분 책 읽어주기를 멈추게 됩니다. 하지만 초등저학년~고학년 시기가 책 읽어주기의 황금기이자 골든타임입니다. 사각지대이기도 합니다. 글자를 아는 것과 글의 내용의 이해하는 것은 확연히 다릅니다. 글자 그대로 읽어도 그 단어가 어떤 뜻인지 이해하게 될 때까지는 책을 읽어주는 것이 좋은데요. 만 13세 정도가 되면 거의 맞추어진다고 합니다.

아이가 '엄마 이제 내가 혼자 읽을게.'라고 말하기 전까지는 조금만 더 읽어주세요. 아이들이 책에 관심을 가지고 엄마의 사랑을 기다리는 시간이 바로 가장 좋은 시간입니다. 책 읽어주는 시간이 길어질수록 아이들은 책을 친하게 대하고 책과 친해지게 되고 가까워지게 됩니다. 무 자르듯 뚝 잘라버리면 아이들의 책에 관한 관심도 금세 시들해집니다. 교과서와 필독서, 학습지, 학원, 숙제가 많아지는 초등시기에 절대적으로 많은 양의 만화책을 만나게 해주는 것 또한 책의 재미를 지속하는 데 큰 도움이 됩니다.

책을 쓰고

책방에서 책 쓰기를 시작했습니다. 이제는 나 혼자만의 글쓰기가 아닌 함께 쓰기입니다. 출판사 신고하고 본격적으로 공저 쓰기, 개인 책 쓰기 과정을 모집했습니다. 10분 가까이 되는 신청자분들과 함께 시작했습니다. 진도는 조금씩 다르지만 큰 틀은 같습니다. 함께 책 쓰자! 입니다. 육아휴직을 내고 책 쓰기에 도

전하신 분, 100일 지난 아기와 함께 와서 책 쓰기를 하시는 분, 오랜 기간의 일을 그만두고 새로운 일의 도전을 위해 책 쓰시는 분, 학원 선생님으로 일해오다가 책 쓰기에 도전하신 분, 다양한 분야와 상황에 있는 만큼 다채로운 색깔의 이야기가 탄생하고 있습니다. 우리들의 이야기, 벌써 기대되시죠? 올해 5월 출간을 목표로 함께 쓰고 있습니다.

(책 쓰기에 함께하고자 하는 분들은 언제든 환영입니다! 한 권을 시작으로 매년 2~3권씩 공저 예비작가님들의 저서를 출간할 예정입니다. 개인 메일이나 인스타 디엠으로 연락해주세요. 인스타 choigo_books)

책을 읽고

책을 읽는 시간이 좋습니다. 며칠 전 다녀온 파주 헤이리의 '쑬딴스북카페' 에서 만난 책이 이런 글귀를 보았습니다. 책방에서는 책을 읽지 않고, 술집에서 술을 먹지 않는다는 말에 격하게 공감이 되었습니다. 저의 책방에서는 생각보다 책이 눈에 들어오지 않습니다! (다른 책방지기님들은 어떨지 모르겠습니다) 오랜만에 파주 책방으로 드라이브하면서 책방에서 여러 권의 책을 구매 후 읽어 내려갔습니다. 바로 이 맛이지!

책의 재미를 다시금 느꼈습니다. 저도 저의 책방에 오는 분들에게 그런 책방이 되고 싶습니다. 책의 재미를 느낄 수 있다면 그것으로 충분합니다. 커피는 없지만, 아이들과 함께 와서 편하게 보고 갔으면 좋겠습니다. 엄마의 글쓰기도 하고 아이에게 책을 보여주기도 하고, 책을 사가기도 하는 그런 책방이 되었으면 합니다.

작은 책방 안쪽에 나만의 작은 공간이 있습니다. 커튼으로 살짝 가려진 그곳은 저의 휴식 공간이자 밥 먹는 공간이자, 잠시 낮잠을 자기도 하는 공간입니다. 바깥에서 컴퓨터 업무를 할 수 없어 개인공간에 컴퓨터와 프린터기를 설치해두고 원고작업을 하기도 합니다. 강의하고 성교육을 하고 말을 많이 하다 보면, 쉬고 싶어질 때가 있습니다. 그럴 때 오롯이 나만의 휴식을 취합니다. 단 10분이라도 말이지요. 그러고 나면 다시금 에너지가 충전됩니다. 충분한 쉼과 휴식, 여유와 비움이 이루어질 때 나만의 에너지, 활력이 생겨납니다. 책방에 찾아오는 손님들을 대하고 반갑게 인사를 나누고 서로의 안부를 물어봅니다. 오늘은 어떤 손님이 올까? 기대감을 가지고 책방 문을 엽니다.

오늘도 책방 문 열었습니다.